KB128352

monster
link

몬스터 링크 ³

초판 1쇄 인쇄일 2015년 6월 22일 ∣ **초판 1쇄 발행일** 2015년 6월 24일

지은이 철 민 ∣ **펴낸이** 곽중열 ∣ **담당편집 팀장** 이범수
편집부 신연제 이윤아 김호성 김은경

펴낸곳 (주)조은세상 ∣ 출판등록 제 2002-23호
주소 경기도 연천군 미산면 청정로 1355
TEL 편집부 02)587-2966 ∣ FAX 02)587-2922
e-mail bukdu@comics21c.co.kr

ⓒ철 민 2015
ISBN 979-11-5832-073-7 ∣ ISBN 979-11-5832-070-6(set) ∣ 값 8,000원

몬스터 링크

철민 喆敏 판타지 장편소설

NEO FANTASY STORY

monster link

CONTENTS

NEO FANTASY STORY

monster link

monster link

몬스터 링크

씨스돈의 팔

씨스톤의 팔
monster link

펜릴은 어깨를 펴고 산으로 들어갔다.

그 전날처럼 괜히 조금씩 움직일 필요가 없었다.

'어차피 한 번은 부딪혀야 한다.'

이 산은 그 노인의 영역이다.

영역 안에 들어가는 건 목숨을 거는 일과도 같다.

마수들을 사냥했던 펜릴이 아주 잘 알고 있는 사실이다.

다른 점이 있다면 펜릴은 그에게 얻을 정보가 있다는 거다.

'지금 당장은 여기 말고는 매달릴 곳이 없어.'

가슴이 뛰기 시작한다.

쿵쾅 쿵쾅–

펜릴은 가슴을 진정시켰다.

'그 사람은 분명히 강하다.'

펜릴은 자신의 뒤까지 오는 데 전혀 발견도 하지 못했었다.

순식간에 뒤를 잡혔는데 펜릴이 아무 것도 못했다는 소리다.

펜릴이 잡지 못한 미세한 흔적까지도 발견하여 추적해 왔을 가능성이 크다.

약초를 캐던 사람이다.

짐승들의 발자국이나 흔적들에는 민감할 거다.

그런 사람 앞에서 마치 마수를 사냥하듯 기척을 숨겨서 다가갈 필요는 없다.

유감없이 드러내야 한다.

"진짜 왔군."

펜릴의 앞으로 노인이 뚝 떨어졌다.

'난 참 행운아야.'

알아서 나타난다.

라크와 티라는 이 노인을 찾기 위해 제국을 돌아다녔다.

그런데 펜릴은 순식간에 찾아냈다.

적어도 이 노인에게 라크와 티라에 대한 행방을 묻는다면 순풍을 단 것 처럼 빠르게 그들을 찾는 데 도움이 될 수 있을 것 같다.

"음?"

펜릴은 마체테와 활, 화살통까지 구비해왔다.

그런데 노인은 딸랑 등에 맨 망 하나.

그리고 하얀 옷.

정말 그것뿐이다.

장비라고 할 것도 없었다.

정말 펜릴은 얕보고 있다는 것으로 밖에 보이지 않는다.

'저 노인에게 마수나 사냥하던 칼솜씨가 통할 리는 없지.'

마체테는 정말 마음의 위안을 얻고 싶어서 가져온 것들 뿐이다. 활과 화살도 그에게 뭔가 기습이라도 통할까 싶어서 가져온 것 뿐이다. 벌써 들켰다면 애초에 들고 있을 필요도 없다.

펜릴이 거추장스러운 무기들을 옆에 내던지자 노인이 흥미로운 얼굴로 쳐다본다.

"무기는?"

"영감님이나 쓰십쇼."

"오늘은 멀리 가볼 데가 있다. 빨리 처리하고 가야겠다."

정말 별거 아니라는 듯 한 표정이다.

펜릴은 가슴속에서부터 치밀어 오는 화를 참지 못하고 욕을 내 뱉었다.

"젠장! 정말 제 얘기 한 번 들어보지 않고 절 죽일 거요?"

"관심 없다."

노인은 팔과 다리를 걷어 올렸다.

"어떻게 하면 내 얘기 좀 들어볼 거요?"

노인은 생각도 하지 않고 대답한다.

"날 죽여라. 그러면 얼마든지 대답해주지."

펜릴은 쓴웃음을 내뱉었다.

망자가 된 이가 무슨 수로 대답을 한 단 말인가.

그냥 말을 하지 않겠다는 의미로 들린다.

펜릴은 곤조의 발목과 블랙 맨티스의 손톱을 각성시켰다.

"재미난 놈이야."

그도 링커가 된 지가 20년이다.

그런데 손등과 발목에 각성을 시킨다는 얘기는 처음 들어봤다. 누구나 강해지고 싶어 한다. 강해지기 위해서는 팔과 다리 전체를 사용해야 한다. 곤조의 발목이야 워낙 효율이 좋은 아이템이라고 소문이 났기 때문에 그런가 보다 한다. 하지만, 맨티스의 손톱은 그렇게 효율이 좋다 말할 순 없다.

잠시 후 노인의 키가 약간 커졌다.

랩터의 다리 때문에 키가 커진 거다. 펜릴과 눈을 동일

한 선상에서 마주치고 있을 정도다. 그리고 팔은 오돌토돌한 비늘이 솟아오르더니 팔 전체를 감쌌다.

"허!"

펜릴은 저 팔을 보며 기가 찼다.

최상급 마수인 '씨스톤'의 팔이다.

말 그대로 바다의 바위라고 불리지만, 사실 바위라고 하기에는 정말 단단하다.

씨스톤은 육지의 마수가 아닌 해양에서 생존하는 마수다.

워낙 구하기가 어렵기 때문에 다른 최상급 마수들보다도 가격이 다섯 배, 열 배 이상 줘야 한다. 그냥 가격이라고 정해진 기준이 없다. 부르는 게 가격이다.

생긴 건 거북이처럼 생겼지만, 씨스톤의 팔은 대부분의 물리 데미지를 상쇄시켜 버린다.

칼도 화살도 죄다 통하지 않는다는 거다. 무엇보다 바닷물에 닿으면 엄청난 재생속도를 보여준다. 상처가 나면 펜릴은 손톱을 복구시키는 데 그래도 몇 시간 이상이 소요된다. 하지만, 씨스톤의 팔은 다르다. 그냥 바닷물에 넣자마자 곧바로 복구가 시작된다.

'초라해 지는군.'

펜릴도 씨스톤의 팔을 보는 건 처음이다.

랩터도 충분히 놀랍지만 씨스톤까지 볼 줄이야.

정말 최상급 중에서도 최상급으로만 따지는 녀석들이다.

얼마 전에 상대한 상급들은 애초에 최상급과의 격차가 굉장히 심하다. 비교할 수 있는 것들이 아니다. 최상급중에서도 최상급들은 그 이상을 분류할 수가 없어서 굳이 최상급으로 분류를 하는 것뿐이다.

노인은 펜릴을 노려보며 말했다.

"좋은 구경했으니 이만 죽어라."

펜릴은 침을 꼴깍 삼켰다.

'온다!'

겁먹으면 한 순간에 사로잡힌다.

펜릴도 노인을 향해 달려들었다.

씨스톤의 팔과 맨티스의 손톱이 부딪혔다.

"큭!"

펜릴이 이를 악물었다.

몸이 순식간에 휘청거렸다.

곤조의 발목을 이용하여 균형을 잡고 다시 재차 손톱을 휘둘렀다.

노인은 가볍게 피하고 명치를 향해 팔꿈치를 날렸다.

퍼억!

강렬한 통증과 함께 펜릴이 정신이 순식간에 반쯤은 날아갔다.

'마, 말도 안 돼는.'

펜릴이 나무에 부딪혀 그대로 바닥으로 뚝 떨어졌다.

"일어나라, 꼬마."

펜릴은 몸이 안 움직였다.

'젠장, 뭐 이런 힘이 다 있어.'

이런 불공평한 일이 어디 있단 말인가!

고작 일격에 당할 줄이야.

"크으!"

펜릴은 머리를 한 차례 좌우로 돌리더니 인상을 잔뜩 찡그리며 가까스로 몸을 일으켰다.

"엄살 떨지 마라, 애송아. 네놈이 맞기 전에 마나를 이용하는 걸 다 봤다."

펜릴이 쓴웃음을 지었다.

'마나?'

마나는 아니다.

심장홀에 있던 에너지가 분사되며 충격을 최소화시킨 것뿐이다.

이건 펜릴의 의지가 아니다.

망령의 의지다.

"다시 갑니다."

심장 홀에 생성된 에너지를 적극적으로 이용해야 한다. 그래야 저 노인과 얼추 균형을 맞출 수 있을 거다.

펜릴은 더 빠르게 움직였다.

'속도만큼은!'

곤조의 발목과 망령의 에너지를 이용한다면 굉장히 빨라진다.

랩터와 비교할 수도 있을 것 같다.

하지만, 펜릴의 착각일 뿐이다.

랩터는 빠르다. 빨라도 너무 빠르다. 그래서 사람들이 눈에 불을 켜고 랩터를 찾기 위해 발버둥 치는 거다.

펜릴은 죽었다 깨어나도 저 랩터를 각인시킬 수 없다.

1차와 2차, 3차 각성은 오로지 재능으로 결정되지만 점차 높은 단계의 마수를 각인시키기 위해서는 시간이 필요하다. 그건 재능과는 별게다.

펜릴이 아직도 하급 마수인 맨티스와 곤조를 달고 있는 이유도 그거다.

시간의 차이를 재능과 노력만으로 극복할 수 없다.

게다가 노인도 재능으로 봐서는 펜릴 그 이상일 수도 있다.

사방팔방 어디로 뛰어다녀도 랩터의 다리를 따돌릴 순 없다.

결국 남은 건 정면승부 뿐이다.

펜릴은 노인의 목을 향해 손톱을 휘둘렀다.

노인은 팔을 바짝 얼굴에 가져다 대고 막아냈다.

챙! 채앵!

마치 계란을 가지고 바위에 던지는 듯한 기분이다.

'더 빠르게, 더 빠르게!'

씨스톤의 팔이 아무리 물리 공격력을 상쇄시켜도, 목을 지켜주는 건 아니다. 심장도 머리도 아무것도 지킬 수 있는 게 아니다. 더 빠르게 움직여 씨스톤의 팔이 반응하기 전에 베어버리면 그만이다!

펜릴은 빠르게 움직인다고 움직이는데, 노인은 하품이 다 나올 지경이었다.

허점이 보이는 종아리를 가볍게 차올리고 그대로 펜릴의 목을 잡고 그대로 바닥으로 내리 찍는다.

"커헉!"

펜릴이 거품을 물고 졸도해버렸다.

노인은 각성한 마수들을 풀어버리고 펜릴을 위에서부터 노려보았다.

하필이면 딸과 아는 사이인 것 같다.

"이쯤하면 됐겠지."

저 녀석이 에이미와 무슨 사이인지는 모르겠지만, 죽이면 에이미가 좋아할 것 같지는 않다.

한참을 고민하던 노인은 그 자리를 떴다. 이 근처에는 몬스터도 마수들도 드물지 않게 나타난다.

'거기서 죽어버리면 저 녀석 운명이지.'

◆

　　펜릴은 한참 뒤에 몸을 일으켰다.

　　"끄응."

　　곧바로 몸을 확인해 봤다.

　　정상이다. 딱히 이상이 있는 곳은 머리 뒤에 난 혹 뿐이다.

　　'살아있군.'

　　졸도해버리기 전에 꼼짝없이 죽을 거라 생각했다.

　　클리드라는 노인네는 자신을 죽이지 않았다. 이걸 행운이라고 해야 할까.

　　펜릴에게 마주한 현실은 그 노인에게 어떻게든 라크와 티라의 정보를 얻어내야 한다. 여기서 그만할까? 라며 포기를 선언하고 고향으로 돌아가고 싶은 마음은 절대 없다.

　　펜릴은 일단 산을 내려와 근처에 적당한 야영장을 찾아 쉴 수 있는 공간들을 만들었다.

　　통나무집을 만드는 건 이골이 난 상태다. 적당한 나무를 자르고 비가 새지 않게 꼼꼼히 진흙을 바른 다음, 지지대를 세워 태풍이 불어도 잘 넘어지지 않게 견고하게 만든다.

　　펜릴은 곧바로 며칠을 쉰 다음에 다시 산에 올랐다.

'여기서 포기하면 남자 새끼도 아니지.'

얼마 안 가 펜릴은 또 노인을 만났다.

"또 왔냐?"

다소 놀란 표정이다.

"한 번 시작했으면 끝을 봐야죠. 내 애기를 듣기 전 까지는 절대 한 발자국도 이 근처에서 못 나갑니다."

"그럼 네놈의 다리를 잘라주지. 아니면 혀를 뽑아 버리던가."

"……."

섬뜩한 애기를 아무렇지 않게 말 한다.

펜릴은 더 이상 말이 필요하지 않다는 듯 곤조와 맨티스를 각성시켰다.

"또 그거냐?"

"오늘은 다를 거요."

노인은 랩터를 사용하지도 않았다.

오로지 하나!

씨스톤의 팔 뿐이다.

펜릴은 망령의 에너지를 적극적으로 이용해야 한다.

붉은 트롤을 재생시키지 못하게 했던 그 힘.

망령의 에너지가 블랙 맨티스의 손톱을 파고들며 희미한 빛을 만들어 낸다.

"이번엔 제법 놀라운 재주도 있구나."

펜릴이 이용하는 건 마나연공법을 극에 달한 기사들이 사용하는 방법이다. 마나를 수월하게 다루며 극도의 집중력으로 컨트롤하여 검에 담는 방식.

기사들 중에서도 일부, 극히 일부만 사용할 수 있는 힘이다.

이런 힘을 이용하는 기사들은 정말 링커들이 상대하기 까다롭다. 그런데 펜릴이 그것과 아주 똑같은 힘을 사용하고 있었다.

"갑니다."

펜릴은 곧바로 노인을 향해 들려들었다.

"멧돼지가 따로 없군."

오로지 노인을 향해 일직선으로 달려드는 펜릴의 모습이 꼭 멧돼지와 닮았다.

챙! 채엥!

씨스톤의 팔이 순식간에 펜릴의 손톱과 부딪힌다.

불꽃이 튀기기 시작한다.

노인의 얼굴이 다소 굳었다.

애송이 치고 제법이라는 느낌이 들기 시작한다.

처음 시작할 때는 아무것도 모르고 달려들더니 이번에는 제법 상대하는 법을 알기 시작한 거다.

씨스톤의 약점은 마법이나 정령 같은 힘에 약하다. 그리고 무엇보다 딱 하나. 거리가 짧다.

펜릴은 노인보다 키가 크다. 팔 길이도 길다. 손톱까지 각성시키면 더 길어진다. 노인과 거리를 벌리고 싸워야 승기를 잡을 수 있다.

게다가 망령 에너지 때문에 비늘이 한 꺼풀씩, 한 꺼풀씩 벗겨지기 시작한다.

이 근처에서 바닷물을 구할 수 없는 노인은 다소 짜증스럽고귀찮은 일이 생긴 거다.

노인은 팔을 들어 올려 가볍게 펜릴의 검을 그냥 맨손으로 붙잡았다.

망령의 에너지까지 솟구치기 때문에 맨손으로 붙잡는다는 건 미친 짓이다. 물론, 씨스톤의 힘을 믿기 때문에 한 행동이다.

노인의 손에서 피가 한 줄기 쏟아진다.

비늘을 벗겨내고 안까지 상처를 입힌 거다.

펜릴이 피식 웃었다.

"기쁘냐?"

노인의 질문에 펜릴이 인상을 구겼다.

갑자기 손등에서 엄청난 고통이 느껴지기 시작한다.

"으아악!"

콰득!

노인은 블랙 맨티스의 손톱을 아예 손등에서 뽑아 버렸다.

펜릴의 눈이 뒤집혔다.

지금까지 여럿 고통을 맛 봤지만, 이런 고통은 또 처음 이었다.

노인은 손톱을 바닥에 내던졌다. 펜릴의 손등에 구멍이 훤히 뚫렸다. 각성이 풀려버리면서 펜릴은 그 자리에서 다시 졸도해버렸다. 손등이 다시 원상복구가 되는 데에는 분명 상당한 시간이 걸릴 거다.

하루 이틀이 아니다. 금이 간 것도 아니고 부러진 것도 아니다. 완전히 뽑힌 거다. 사람의 손톱도 뽑히면 다시 자라는 데 상당한 시간이 걸린다.

"흥! 이제 다시 올 일 없겠지."

노인은 그 자리에서 사라졌다.

monster link

몬스터
링크

아만다

NEO FANTASY STORY

아만다
monster link

"빌어먹을, 시끄러워 죽겠네."

키에에엑!

펜릴은 손등을 정신없이 긁었다.

손톱이 부러진 뒤로는 유난히 맨티스가 시끄럽게 군다.

이해한다.

이건 부러진 게 복구가 되는 게 아니다. 아예 뽑혀 나갔다. 3일 동안 아주 눈곱만큼 자란 것 말고는 없다.

펜릴은 오두막에 홀로 누워 팔짱을 끼웠다.

여러 가지 방법들이 떠오른다.

'망령을 이용해볼까?'

망령으로 보호만 한다면 대부분의 공격은 막아낼 수 있을 거다. 그런데 펜릴의 스피드가 떨어지고 그만큼 공격력도 떨어진다.

공격적으로 이용한다면 얘기는 달라질 거다.

펜릴의 망령은 인간의 영혼을 흡수하지 못한다. 이미 심장의 홀에 엄청난 에너지를 흡수하고 있기 때문이다. 주술사의 망령도 하루에 정해진 에너지를 흡수했던 것과 같다. 이건 펜릴의 의지가 아니다. 하루에 한 번씩 펜릴의 심장에 위치한 망령은 에너지를 조금씩 조금씩 잡아먹는다.

하지만 상대를 압박하거나 하는 모습은 충분히 보일 수 있다.

게다가 한 명에게만 집중해서 사용하니 그 빠른 움직임을 묶는 것도 가능하다.

'근데 그렇게 순순히 당할까?'

상대는 최상급 마수들을 이용하는 베테랑 링커다.

일부 링커들은 마법 같은 힘에 대항할 수 있는 자들이 있다.

그런 링커들은 보통 소위 말하는 '최상위 링커'들이다.

기사나 링커와 싸울 때는 오로지 힘과 힘의 격돌이지만, 마법사와의 싸움은 다르다. 그들은 집요하다. 파괴력을 위주로 마법을 선별하지 않는다. 눈을 멀게 하거나, 청각을

차단하거나 혹은 간지럼을 피거나. 정말 각양각색의 마법
들이 존재한다.

전투를 벌일 때 간지럼을 핀다고 생각해봐라.

집중력이 한 순간에 흐트러지고 순식간에 바닥을 나뒹
굴 거다.

하위 링커들은 마법사들을 만날 일이 잘 없다. 하지만,
상급으로 올라갈수록 그건 달라진다. 자신의 실력이 올라
갈수록 그만큼 상대하는 사람들의 실력도 올라간다.

마법뿐만이 아니다. 이 대륙에는 정말 다른 능력들이 존
재한다. 그런 능력들로부터 살아남아야 하는 거다.

'더 이상 쉴 수만은 없지.'

며칠 간 머리를 굴려봐도 해답은 나오지 않는다.

펜릴은 마체테를 들어 올렸다.

'이가 없으면 잇몸으로!'

펜릴은 다시 산행을 결정했다.

노인을 죽이거나 어떻게 해보려는 수작은 전혀 없다. 어
떻게든 그 노인의 마음에 들어야 한다. 그래야 대화를 해
볼 수가 있다. 항상 이런 소모적인 일만 해서는 절대 원하
는 바를 얻을 수가 없을 거다.

'젠장. 그 노인네를 위해서 선물보따리라도 준비해야
될 판인가?'

펜릴은 피식 웃었다.

이런 고민을 하고 있는 자신이 웃음이 나온 거다. 그만큼 마땅한 해결책이 없어서 답답한 심정이었다.

펜릴은 문득 하늘을 쳐다보았다.

'날씨는 더럽게 좋네.'

◆

펜릴은 생각보다 손쉽게 오두막에 도착했다.

항상 도착하기 전에 나타났던 노인은 온데간데없이 사라졌다.

"화장실이라도 갔나?"

펜릴은 적당한 바위를 골라 주저앉았다.

어차피 그 노인네는 시간이 지나면 어련히 나타날 거다.

항상 그랬다.

이 영역 안에 들어오는 놈들은 그 노인은 개미새끼 한 마리까지 모두 파악하고 있을 정도로 예민하다.

펜릴은 오두막 주위를 두리번거리며 살폈다.

온갖 나무들에 자신의 영역이라고 표시한 것도 그렇고, 작은 텃밭을 키우는 것도 그렇고 라크나 펜릴을 사냥꾼으로 키운 영감과 너무나도 닮았다.

링커들은 이렇게 나이를 들어간다.

그리고 이렇게 마지막을 준비한다.

유독 이곳만큼은 시간이 느리게 가는 듯한 느낌이다.

이런 환경에서 살면 정말 하루가 길어진다. 하루하루가 소중한 링커들에게는 더 없이 좋은 환경인 셈이다.

이런 모습이 정말 좋다. 펜릴이 꿈꾸는 미래이기도 하다. 사람이 많은 곳 보다는 이렇게 적은 곳에서 사냥을 하면서 살아가며 마지막을 준비하는 것도 좋을 것 같다.

'왔나?'

뒤에서 나는 발자국 소리에 펜릴이 몸을 일으켰다.

뒤를 돌아보자 한 소녀가 자신을 또렷하게 쳐다본다.

역시 꼬치구이 집에서 만났던 그 소녀다.

"왜 이러고 있어요?"

"그 노친네를 기다리고 있다."

"아버진 좀 멀리 간다고 했어요. 오려면 좀 걸려요."

"그래? 그럼, 기다리지 뭐."

어차피 딱히 할 게 없다.

펜릴은 마체테를 꺼내 들어 적당한 나뭇가지를 골라 깎기 시작했다. 산에서는 화살을 구할 수가 없다. 그렇기 때문에 화살을 직접 깎아서 사용했다. 이 화살을 깎던 건 다 영감이 가르쳐준 거다. 나무를 깎다 보니 이제 제법 모양 있는 것들도 만들 줄 안다.

마체테가 워낙 크고 무겁기 때문에 뭉텅이만 잘라내고,

동물들의 가죽을 벗길 때 사용하는 단칼로 마무리작업을
해냈다.

신기한 듯 옆에서 소녀가 앉아 쳐다보고 있다.

펜릴은 어떻게 더 모양을 만들까 고민하고 있는 자신을
보며 한심한 듯 피식 웃었다.

'나 참, 내가 뭐하고 있는 건지.'

그래도 옆에서 보는 사람이 있으니 마무리는 해야 될 것
같다.

펜릴이 만든 건 나무로 된 꽃이다.

"줄까?"

"네."

그 꽃을 받아든 소녀가 곧바로 코를 가져다 댄다.

"향은 안 나네요."

"……."

펜릴은 기가 찼다.

나무에서 꽃향기가 나는 건 해가 서쪽에서 뜬다는 것과
별 다를 게 없다.

'이상한 녀석이군.'

노인네는 링커다. 어차피 링커이기 때문에 수명이 줄어
노화가 빨리 찾아왔을 거다. 어린 딸내미 하나 있다고 이
상할 건 전혀 아니다.

그런데 그 딸의 모습이 조금 이상하다.

꼬치구이집에서 만났을 때는 머리카락이 얼굴을 가려 잘 볼 수 없었지만 지금은 목과 얼굴의 색이 많이 다르다. 그리고 얼굴에서 짙은 분 냄새가 난다.

'이건…….'

기녀들이나 바르고 다니는 그 분 냄새다.

그 화장으로 얼굴을 가리고 있는 것 같다. 턱 밑으로 보면 검은색 반점이 올라와 있다.

"제가 여기는 위험하다고 경고했잖아요. 왜 자꾸 올라와요?"

펜릴은 그녀의 경고를 기억하고 있었다.

"그 노인네에게 물어보고 싶은 게 있거든."

"뭔데요?"

"찾고 있는 사람이 있어."

"그래요?"

갑자기 흥미를 잃은 느낌이다.

'이 아이에게 물어볼까?'

라크나 티라에 대한 얼굴이나 이름을 설명한다면 그래도 알 수도 있을 것도 같다.

'이젠…….'

얼굴은 잊어버린 것도 같다. 자세히 그들의 생김새를 설명하라고 하면 제대로 기억이 나지 않는다. 적어도 이름만이라도 알려주면 알 것 같다.

"추우니까 안에서 기다려요."

그녀는 벌떡 일어나더니 통나무집으로 들어간다.

'춥다고?'

펜릴은 주위를 두리번거렸다.

아직 추위가 느껴질 날씨는 아니다.

"뭐해요? 빨리 안 오고."

"……."

그녀의 말에 펜릴이 집 안으로 들어갔다.

정말 소박하기 그지없는 집이다.

'링커들은 죄다…….'

돈이라는 욕심자체가 그렇게 많아 보이지 않는다.

1차 각성 링커, 2차 각성 링커들은 조금 다르다. 그들은 돈에 대한 욕심이 굉장하다. 더 상위의, 더 좋은 마수들을 각인하고 싶어서다. 그런데 정말 죽을 때가 다 되었거나 최상급 마수들을 각인한 자들은 그 이후로는 돈에 대한 관심이 뚝 떨어지는 것 같다.

정말 필요한 것 말고는 집 안에 구비된 것들이 없다.

이런 분위기는 익숙하다. 펜릴은 적당한 자리를 찾아 앉았다.

그러자 그녀는 괜찮은 향을 내는 차를 끓여와 펜릴 앞으로 내놨다.

펜릴은 차를 쭉 들이켰다.

"켁!"

펜릴이 목을 부여잡고 콜록 콜록 거렸다.

그러자 그녀가 재미있다는 듯 배를 붙잡고 웃는다.

"뭐, 뭐야?"

"재밌어서요. 차를 누가 그렇게 마셔요?"

펜릴은 인상을 찡그렸다.

"너무 쓴데."

"제가 마시는 차는 원래 좀 써요."

그녀는 시범을 보이는 것처럼 아주 조금 향을 음미하더니 목 안으로 넘긴다.

차를 마시는 건 고상한 취미다.

펜릴은 찻잔을 내려놓았다.

이런 건 자기에게 어울리는 게 아니다.

그저 사냥이나 하면서 시간을 때우던가 아까처럼 무언가 생각을 할 수 있게 조각이나 하는 게 낫다. 아니면 화살통이 휘어질 정도로 화살로 빽빽하게 채우던가.

펜릴은 바깥에서 들리는 소리에 자리에서 일어났다.

'왔군.'

그런데 소리가 한두 명이 아니다. 십 수 명이다.

"오늘 손님들이 찾아오기로 했나?"

펜릴의 질문에 소녀가 고개를 내저었다.

"아뇨."

펜릴이 손가락으로 창문을 가리켰다.

소녀는 창문으로 바깥에서 다가오는 사람들을 발견하고
는 입을 열었다.

"데이비드 백작의 수하들이에요."

"쟤들이 왜 왔는데?"

"몰라요."

펜릴은 정말 운이 좋게 이곳 통나무집까지 왔는데 저렇
게 떼거지로 아무렇지 않게 찾아오는 모습을 보니 화가 조
금 치밀어 오른다.

문을 열고 바깥으로 나오니 그들도 펜릴의 얼굴을 발견
하고는 인상을 찡그린다.

"네놈은 뭐냐?"

소녀가 자리를 털고 일어나 펜릴의 옆으로 다가왔다.

"우리 아버지 손님이에요."

"그 고상한 양반이 손님이 있을 줄은 몰랐군."

기사가 피식 웃는다.

펜릴도 웃음이 나온다. 손님이라면 손님이고 손님이 아
니라면 손님이 아니다. 자기가 생각해도 자기 처지가 조금
우습다.

"아버지는 안 계세요."

소녀의 말에 기사가 말한다.

"오늘은 그자에게 일이 있어서 온 건 아니다."

"그럼요?"

"너 때문에 온 것이다."

"저요?"

소녀가 깜짝 놀란다.

"백작님께서 너를 데려오라 이르셨다."

"무슨 일인데요?"

"그걸 설명할 이유가 있느냐? 여기는 백작님의 땅이다. 백작님의 땅에 거주하는 자들은 모두 영지민. 너 또한 우리의 땅에서 자라니 영지민이다. 영지민은 영주가 부르면 언제든지 달려와야 한다는 것을 모르지는 않을 터."

그리고 기사가 펜릴을 지목했다.

"너도 와야 할 거다. 무슨 목적으로 이곳에 왔는지 알아야겠다."

펜릴의 인상이 저절로 구겨졌다.

고래 싸움에 새우등 터지고 싶은 생각은 전혀 없다.

백작이 직접 나서서 이 소녀를 데려가겠다는 데 말릴 이유는 전혀 없다. 생각도 없다. 그런데 자기까지 꼬여서 일을 만드니 문제다.

"이유는 모르겠지만 난 전혀 상관없는 문제 인 것 같은데. 아무리 그래도 이유는 말해줘야 되는 거 아뇨?"

"백작님이 부르면 와야 한다. 그게 영지민의 도리. 이유란 없다."

"난 이곳 영지민이 아니오만."

"이곳에서 숨을 쉬고 이곳에서 난 음식을 먹는 것 자체가 이곳 영지민이다."

굉장히 억지다.

말이 통하지가 않는다.

그렇다면 주먹으로 나가야 된다.

펜릴은 허리춤에서 마체테를 꺼냈다.

"해보자는 건가?"

기사의 눈썹이 꿈틀거린다.

기사들의 숫자만 얼추 열다섯이 넘는다.

소녀 한 명 데려가기에는 과한 숫자다.

물론, 이 산이 몬스터들이나 마수들이 나타나기도 하지만 만약에 노인이 이곳에 있을 것을 염려해서 데려온 숫자다.

"싸우지 말아요."

소녀는 펜릴의 귀에 대고 작게 말했다.

기사와 싸운다. 이건 사건이 커진다. 검은숲이랑은 다르다.

이곳은 바깥이고 제국의 땅이고 제도와 가깝다.

데이비드 백작은 권력이 막강한 사람이다. 그의 휘하 기사들을 죽이는 순간 문제가 커진다.

펜릴은 클리드 노인네와는 다르다. 아직까지 제국이나

귀족들에 대항할 정도로 강력한 힘을 쥐고 있는 건 아니다.

"그럼 어쩌자고?"

펜릴이 살짝 뒤를 향해 물었다. 그런데 대답이 들려오지 않는다.

철푸덕! 하는 소리와 함께 소녀가 바닥에 그대로 널브러졌다.

분으로 가린 얼굴 위로 검은 반점이 나오고 이마에서는 뜨거운 열이 느껴진다.

설상가상으로 졸도해버린 거다.

펜릴은 난감해졌다.

그대로 소녀를 어깨에 걸쳤다.

'나도 모르겠다.'

◆

"쫓아, 어서!"

어깨에 걸친 소녀의 무게는 정말 깃털처럼 가볍다.

그렇다 해도 펜릴이 뛰는데 지장이 안 간다고 할 수는 없다.

펜릴은 할 수 없이 곤조의 발목을 각성시킨 채 집 뒤편으로 무작정 뛰기 시작했다.

'젠장. 싸우지 말라고 했으니 싸울 수도 없고.'

사람 하나 업고 기사들의 추적을 피해 도망가는 게 얼마나 어려운 줄은 알고나 하는 얘기인가.

망령을 이용한다면 저들 죽이는 거야 손쉽다. 발을 묶고, 마체테를 꺼내 하나하나 심장을 찌르거나 목을 날려버리면 그만이다. 그런데 그 길을 버리고 어려운 길을 택해야 한다.

물론 펜릴은 이 소녀의 뜻을 모르는 건 아니다.

사건이 커져봤자 서로에게 좋을 게 없는 거다.

"놈도 링커다!"

애초부터 기사들이 펜릴의 발을 쫓는 건 불가능한 일이다.

이미 망령의 에너지를 사용하며 곤조까지 각성시킨 채 움직이는 펜릴은 이미 기사들의 시야에서 멀리 멀리 떨어져나갔다.

몇 가지 문제가 있다면 흔적을 지울 수가 없다. 기사들 중에 추적기술을 배운 사람이라면 펜릴의 뒤를 쫓는 게 그다지 어려울 것 같지는 않다.

펜릴은 아예 추적해올 엄두도 내지 못할 만큼 그냥 빠르게 뛰었다. 거리가 멀어지면 알아서 포기하겠지라는 심정으로.

갑옷까지 입은 기사들은 뒤뚱뒤뚱 뛰었다.

'일단 이 꼬마부터 어떻게 해야 되는데.'

펜릴은 수통에서 물을 부어 일단 소녀의 얼굴부터 닦았다.

지금 당장 옷을 벗길 수는 없고 적어도 상태는 확인하고 봐야 했다. 살살 문지르니 분이 벗겨지기 시작하고 맨얼굴이 드러났다.

펜릴은 얼굴을 보고 살짝 인상을 찡그렸다.

'심각하군.'

독이다. 그것도 심한 독.

'그 노인네. 설마 자기 딸이 이렇게 될 때까지 몰랐나?'

아니, 모를 수가 없다.

노화가 와서 눈이 침침해졌다 해도 그건 다른 문제다.

이미 몸 전체로 번진 검은 반점을 의심하지 않을 부모는 없다.

자세한 사정을 모르는 펜릴로써는 당장 그 노인네를 욕하는 것 말고는 답이 없었다.

'일단 몸을 눕힐 장소가 필요하다.'

중독되어 졸도해버린 소녀를 계속 어깨에 들춰 메고 돌아다닐 수도 없다. 펜릴은 주위를 두리번거리다가 작은 동굴을 발견했다. 동굴에 그녀를 눕히고 호흡을 확인했다. 호흡이 가빠르고 열이 크게 오르는 것으로 봐서는 정말 위험하다. 그렇다고 의사에게 들고 갈 수도 없다. 가장 가까운 도시는 데이비드 백작의 영지인데, 호랑이굴에 머리를 들이밀 수는 없는 거다.

'일단 살리고 보는 게 가장 우선인데.'

그렇게 생각한다면 기사들에게 투항한 후에 빠르게 치료를 받는 게 좋을 수 있다. 그런데 과연 그녀가 그렇게까지 체력이 버텨줄 까 의문이다. 가장 좋은 방법은 지금 당장 여기서 응급치료를 하고 의사에게 데려가는 거다. 독을 치료할 필요는 없다. 치료할 수 있는 체력을 만들어야 한다.

펜릴은 일단 물을 먹이고 열을 내리는 방법을 취하도록 했다.

그러기 위해서는 옷을 벗기고 깨끗한 천을 물에 적셔 이마에 올렸다.

왜소한 체구에 검게 물든 피부를 보니 조금 아련해진다.

"독, 독이 문제야. 독?"

갑자기 펜릴의 머리가 번뜩였다.

생각해보니 독을 치료할 방법이 없는 건 아니다.

"이, 있다!"

펜릴은 품 안에서 아만다의 풀뿌리를 찾아냈다.

검은숲에서 네로가 중독되었을 당시, 한 뿌리가 아니라 여러 뿌리를 같이 뽑았다. 고작 한 뿌리만 사용해서 네로

의 중독이 완쾌되었던 것을 보면 엄청난 효과를 지닌 것이
맞다. 하지만 당시 의사가 어떻게 사용하는 줄 몰랐던 펜
릴로써는 빻아서 물에 적당한 비율로 섞어서 먹이는 수밖
에는 없다.

'빌어먹을, 그러다 잘못 되면 큰일인데.'

약초라는 건 이름만 약초이지 어떻게 사용하느냐에 따
라 결과가 달라진다. 비율이 잘못 되면 정말 독초가 될 지
도 모른다.

게다가 이 아만다라는 풀뿌리가 과연 저 독에 효과가 있
을 지도 모르겠다.

효과가 없다면? 오히려 더 심각해진다면?

그때, 바깥에서 부스럭거리는 소리가 들려온다.

"벌써 왔나?"

펜릴은 마체테를 들고 일어났다.

이렇게 된 이상 망령까지 이용해 기사들을 죄다 죽이는
것 말고는 이 소녀를 구할 방법이 없다.

'젠장.'

이 소녀가 죽는다면 그 노인네가 펜릴이 원하는 정보를
줄까 싶다. 아니, 눈앞에 사람이 죽어가는 데 그렇다고 외
면할 수도 없는 거다.

방금 전 까지만 해도 사실 그녀가 끌려간다 해도 큰 관
심은 없었다.

끌고 간다는 건 어디까지나 죽이지 않겠다는 거다. 그건 어차피 그 노인네가 해결할 문제다. 그런데 지금은 문제가 다르다. 이미 펜릴은 이 사건에 꼬일 대로 꼬여버렸다. 여기서 발을 스윽 뺄 수도 없는 노릇이다.

"꼬마. 네놈 아직도 여기 있었느냐?"

동굴 안으로 들어온 사람은 클리드다.

펜릴은 클리드의 얼굴을 확인하고는 마체테를 내려 놨다.

클리드는 주위를 두리번거리더니 자신의 딸인 에이미를 확인하고는 인상을 찡그렸다. 옷을 전부 벗겨놓고 동굴에 있는 모습을 보면 누구나가 다 펜릴을 의심할 거다.

"네놈⋯⋯."

"젠장! 이래서 좋은 일을 해도 의심 받지. 제대로 좀 봐요! 제가 왜 이러고 있는 지."

어느새 소녀의 몸에서 열꽃이 피었다.

얼굴은 검게 죽어버렸다.

"이런!"

클리드는 곧바로 다가와 몸을 살폈다.

앙코나의 독이 완전히 꽃을 핀 거다.

몸에서 날뛰는 이 독을 어떻게든 잠재워야 한다.

"왜 이곳까지 데려온 거냐?"

"내가 뭐 어떻게 해보려고 이런 줄 알아요? 데이비드 백

42 몬스터
    3 링크

작의 기사란 작자들이 찾아와서 당신 딸내미를 데려가려고 했다고요."

"그놈들이?"

클리드가 이 동굴을 찾아온 이유는 집으로 되돌아가는 길에 펜릴의 흔적을 찾았기 때문이다.

기사들 보다 클리드가 먼저 흔적을 찾은 건 행운이다.

"의사들에게 데려가지 않은 건 아주 잘했다. 놈팽이들이 봐봤자 치료할 수 없는 독이야. 신관들도 죄다 사기꾼들이고."

"그래요?"

독의 종류를 모르는 펜릴로써는 가슴을 쓸어내릴 수 있는 장면이다. 적어도 그곳까지 억지로 데려갔으면 치료도 못 받고 체력만 저하되었을 거다.

클리드는 등에 매고 있던 망에서 약초 몇 가지를 꺼냈다.

"그걸로 치료가 되요?"

"이건 치료를 완전히 할 수가 없다. 그저 어떻게든 잠재우는 것 뿐이다. 언젠가 다시 터질지 모르겠지만……."

펜릴은 손에 쥐고 있던 아만다의 풀뿌리를 내밀었다.

"이건요?"

클리드는 펜릴이 쥐고 있는 풀뿌리를 보고 물었다.

"애송이! 네놈이 어떻게 이걸 들고 있는 거냐?"

곧바로 알아봤다.

몰라볼 수가 없다.

클리드가 이 풀뿌리를 찾아 헤맸기 때문이다.

아만다의 풀뿌리!

만독초 따위가 아니다.

아주 일부, 그것 중에서도 극히 일부의 독을 치료할 수 있는 약초다. 그런데 그 일부의 독에 들어가는 독들이 이름만 나열해도 누구나 고개를 끄덕일만한 극독이다.

사람이라면 견딜 수 없는 고통에 시달리는 극독들을 치료하는 데 쓰이는 것이 바로 아만다의 풀뿌리다.

검은숲 외에는 대륙 어디에서도 쉽게 찾아볼 수가 없다.

클리드는 검은숲에 억지로라도 들어가고 싶었다. 하지만, 입구도 모르고 오랫동안 자리를 비울 수가 없었다. 그렇다고 누군가에게 부탁도 할 수 없는 처지다. 클리드는 이미 귀족들 사이에 낙인이 찍혔다. 누군가 클리드의 부탁을 들어줄리 만무하다.

"지금 그런 게 중요해요?"

구한 경로를 설명하자면 길다.

구구절절 설명하는 것 보다 당장 이 약초를 쓰는 게 중요하다.

클리드는 곧바로 아만다의 풀뿌리를 가로 채서는 망에

있던 약초들과 섞어서 쓰기 시작했다. 그러자 곧 향긋한 냄새가 풍기기 시작했다.

클리드는 당장 에이미에게 먹이기 전에 잠시 고민했다.

"뭐해요?"

펜릴이 옆에서 독촉을 한다.

그런데 클리드는 당장 이것을 먹일 수가 없다.

앙코나의 독을 치료한다는 건, 앙코나가 가진 그 장점마저 사라질 수 있기 때문이다.

성장을 늦춘다.

에이미의 수명은 20년이 한계다.

그것을 앙코나의 효과로 억지로 틀어막고 있었는데 독을 치료해버리면 에이미는 당장 그 수명의 한계에 도달해버린다. 그렇다면 다시 앙코나의 독을 사용할 수밖에 없다.

악순환의 반복일 뿐이다.

"아니다."

지금 당장 따질 겨를이 없다.

오늘이 있어야, 내일도 존재하기 때문이다.

그 약을 먹이고 나자 거짓말처럼 열이 사라지고 검은반점이 사라지기 시작한다.

지금 당장 겉모습은 달라진 게 없지만 이제 앙코나를 먹이지 않는다면 다시 성장이 시작될 거다.

클리드는 다시 에이미의 옷을 정성스럽게 입히고는 펜릴을 향해 말했다.

"이 아이가 정신을 차린다면 네놈이 다시 집에 데려다 줘라."

"뭐, 뭐요? 본인이 하면 되지 왜 그걸 제가 합니까."

"네놈이 데려왔으니 네놈이 데려다줘라. 나는 잠시 해야 할 일이 생겼다."

그러면서 클리드가 바깥으로 나간다. 잠시 후, 동굴 근처로 기사들이 나타났다.

펜릴과 에이미를 쫓아서 왔는데 그 자리에서 갑자기 클리드가 나타나자 기사들 사이에서 잠시 문제가 생겼다. 그들은 죽었다 깨어나도 클리드를 이길 수가 없기 때문이다. 게다가 딸을 납치할 생각을 하고 있었던 그들로써는 클리드의 분노를 감당할 자신이 없었다.

하지만, 클리드는 다소 평온했다.

클리드는 천천히 입을 열었다.

"나를 네놈들의 주군이 있는 곳 까지 안내해라."

◆

펜릴은 기사들과 클리드가 사라지는 걸 보고 잠시 후에 에이미를 다시 어깨에 들춰 멨다. 방금 전은 정신없이 뛰었기 때문에 잘 몰랐는데, 이제는 제법 무게가 의식이 되기 시작한다.

클리드는 정신을 차리면 데려가라고 했지만, 굳이 그럴 필요는 없었다. 이미 호흡은 정상으로 되돌아 왔고, 동굴은 해가 지면 굉장히 추워진다. 빨리 집에 가서 눕히는 게 최고다.

어렵지 않게 오두막에 도착한 펜릴은 그녀를 집에 내버려 두고 근처를 돌아다니며 사냥을 했다. 토끼굴에 불을 피워, 연기를 피해 달아난 토끼의 귀를 붙잡았다.

"어딜!"

토끼가 그래도 제법 영양 좋은 음식이다.

펜릴도 사냥꾼 시절 얼마나 토끼를 즐겨 먹었던가.

그것을 오두막까지 끌고 와 적당히 굽고 소금을 훔쳤다.

어차피 소금 좀 가져다 쓴다고 누가 뭐라 하겠나.

"대신 좀 남기면 되지."

펜릴은 에이미가 먹을 만큼은 남겨 놨다. 꼬치를 좋아하던 걸 보아 고기를 굉장히 좋아하지 않겠나. 대신 클리드가 먹을 건 따로 챙기지 않았다. 아직도 그 노인에게 맞은 부위나 부러진 맨티스의 손톱을 생각하면 분이 쉽게 풀리지 않는다.

'정말 이러고 있으니 옛날 생각이 나는데.'

링커와, 그녀의 딸.

라크와 티라가 생각난다.

정말 그때와 거의 다를 게 없다.

아픈 것만 빼고.

펜릴이 감상에 빠질 시간도 없이 곧바로 클리드가 나타났다.

클리드는 펜릴을 힐끔 쳐다보더니 입을 열었다.

"아직도 네놈이 여기 있었나?"

"제가 여기 있고 싶어서 있었던 줄 압니까? 저도 바쁜 몸이라고요."

"내 딸에게 관심 있어서 있는 줄 알았다."

"걱정 마시죠. 눈곱만큼도 없으니까."

펜릴은 잠시 후에 클리드에게 물었다.

"그나저나 그 백작놈이 뭐랍니까?"

백작을, 백작놈이라니.

누군가 듣게 된다면 경을 치거나 목이 날아갈 상황이지만, 그걸 누구하나 여기서 탓할 사람은 없다.

"뭘 뭐라 하느냐?"

"담판을 지으러 간 거잖아요."

"그랬지."

"어떻게 됐는데요?"

클리드는 입을 열었다.

"놈의 식솔들을 모조리 죽여 버리고 영지민 오백 명을 도륙했다."

"농담이죠?"

"농담이다."

펜릴은 머리를 긁적였다.

이 노친네가 이런 농담은 할 줄은 몰랐다. 그래도 어느 정도 이 노친네와 의사소통이 통하고 있는 기분이다.

'기분 한 번 맞추기 드럽게 어렵네.'

노인은 다시 입을 열었다.

"이 땅을 내 것으로 받았다. 또한 다시는 이런 일이 없도록 엄포를 내놓았다. 방금 전에 말한 건 재발했을 경우 그렇게 하겠다는 약조를 받아놓은 거다. 그리고 그놈의 부탁도 들어주기로 했다."

"부탁이요?"

경고를 하러 간 입장에서 부탁까지 듣고 오다니.

"놈의 부탁이랑 상관없이 어차피 필요한 일이었다. 그리고 네놈의 부탁도 들어주지."

좋게좋게 풀리고 있는 기분이다.

사건을 키우지도 않았고 부탁도 들어준다니.

"좋습니다."

펜릴은 당장 이 노친네에게서 벗어나고 싶다.

"대신 네놈도 내 부탁 하나를 들어줘야겠다."

펜릴은 인상을 구겼다.

monster link

라트라

몬스터
링크

NEO FANTASY STORY

라트라
monster link

이건 마진 없는 거래다.

펜릴은 필사적으로 검은숲에서 구한 귀한 약초를 꺼 내 놨다.

물론, 더운 물 찬 물 가릴 때가 아니었기 때문이었지만 적어도 펜릴은 자신이 내놓은 대가를 받을 수준은 되었던 것 같다.

"배고프다, 이놈아."

"젠장. 내가 노인네 종이라도 되는 줄 아는 거요?"

"종이든 아니든 상관없다. 배고프니 멧돼지라도 한 마 리 잡아 오너라. 내가 네놈이 모르는 중요한 것을 알고 있 을 지 누가 알겠느냐? 궁금하랴? 그렇다면 일을 하거라."

"끄응! 알았다고요."

펜릴은 무거운 엉덩이를 일으키며 숲 안으로 들어갔다.

저 노인네와 오두막을 떠난 것도 벌써 이틀째다.

펜릴은 아침부터 저녁까지, 그리고 야영장을 찾는 것부터 해서 텐트를 치는 것 까지 모두! 전담해서 하고 있다.

펜릴은 화살로 토끼 몇 마리 잡아서는 소금을 뿌리고 굽기 시작했다.

"당최 어디를 가는 겁니까?"

"알 필요 없다."

딸내미가 그렇게 걱정되는 양반이 이렇게 장시간 오두막을 비워도 되나 싶다.

'또 그 백작이라는 놈이 납치한다 어쩐다 해가지고 이 양반 폭발하는 건 아니겠지?'

이런 최상급 마수를 지닌 링커가 폭발하는 것 만큼 열받는 일도 없다. 게다가 이 양반은 정말 다 죽어가기 일보 직전이다.

수명이 몇 년 남은 것 같지도 않다. 게다가 잠식도 그만큼 빨랐을 테니 이미 머리 직전 까지 다가왔을 지도 모른다. 딸내미가 납치당했다고 괜히 잠식 속도라도 빨라지면 감당할 수 없는 놈이 날뛰게 되는 거나 다름없다.

펜릴은 어제도 잠을 설쳤다. 이 노인네가 잠도 자지 않고 하루 종일 구시렁거렸기 때문이다. 펜릴은 궁금증을 참지 못하고 질문을 던졌다.

"어제는 왜 잠도 자지 않고 그 지랄을 떤 거요?"

클리드는 입을 열었다.

"내 안에 있는 마수와 대화를 하고 있던 것뿐이다."

"대화?"

펜릴은 이상한 눈으로 클리드를 바라보았다.

"마수와 대화를 한 다니 정신이 나가도 단단히 나갔군."

펜릴은 이제 막 나가기로 했다.

아만다의 풀뿌리까지 줬는데 자신을 종 취급하는 클리드에게 악감정 말고는 남은 것도 없었다.

말도 조금 험해졌다. 클리드를 보고 무서웠던 감정은 이제 전혀 남지 않았다.

"네놈은 잘 모르겠지. 대부분의 링커들도 모를 거다. 제국에 퍼진 링크는 아직 경력이 많지 않으니까. 하지만, 이민족들이 쓴 책들을 보면 링커들은 마수들과 대화를 나누곤 했다고 적혀 있다."

"마수들이 이민족 언어라도 배웠답니까?"

"언어를 배워야만 대화가 되는 건 아니지. 교감이다. 아직 네놈에겐 십년, 아니 이십년은 이르다."

펜릴은 곰곰이 생각을 하더니 클리드에게 물었다.

"혹시 잠식 때문에 머리가 지배당한 건 아뇨?"

"잠식의 영향이 없다고 할 순 없다. 분명히 난 이미 목을 넘어 머리까지 잠식의 영향을 받고 있다. 하지만, 그것과는 조금 다르다. 네놈도 시간이 지나면 지날수록 놈들의 말이 선명하게 들리고 이해를 하는 순간들이 올 거다. 단순히 울부짖는 것이 아니다. 대화를 하고 있는 거다. 놈들은 너와 대화를 하긴 원한다."

펜릴은 고개를 내저었다.

마수와 대화라니.

노인네가 장난치는 걸로밖에 보이지 않는다.

'하긴 부쩍 시끄러워지긴 했지.'

무려 펜릴에게는 3마리의 마수가 존재한다. 이놈들은 펜릴을 골치가 아프게 할 정도로 시끄럽게 떠든다.

펜릴은 따분한 마음에 몇 가지 더 물었다.

"그래, 노인네 말이 맞다고 칩시다. 그래서 무슨 대화를 나눈 거요?"

"시간을 달라고 했다."

"시간?"

"그래, 시간. 링커들은 처음에 각인을 맺을 때 주술의 악마에게 수명의 절반을 헌납하지. 하지만, 온전히 그 절반을 모두 가졌다고는 볼 수 없다. 각성을 할 때 마다 잠식은 빨라지고 죽음의 순간은 다가온다. 그 순간을 조금만 늦춰달라고 말했다."

"살만큼 산 양반이 무슨."

"난 40대다 애송아."

겉모습으로 보면 60대, 70대다.

펜릴도 겉으로 보면 다른 또래들과 비교했을 때 나이가 2살 3살은 더 많아 보인다.

"나에겐 시간이 필요하다. 아직 내 딸의 병을 모두 고친 건 아니다. 적어도 나 보다는 오래 살아야 내가 눈을 감을 수 있다."

"되게 감성적이시네."

펜릴은 주머니에 손을 넣고 자리에 누웠다.

"오늘은 좀 조용히 해요. 잠 좀 자야 되니까. 덕분에 나도 어제 잠 한 숨 못 잤다고요."

펜릴이 등을 돌아 누우자 노인이 돌 하나를 던졌다. 모난 돌에 머리 맞은 펜릴이 상체를 벌떡 일으켰다.

"아, 진짜!"

"불침번 서라, 애송아. 너 때매 내가 조용히 하고 자야겠다."

펜릴은 클리드를 한 번 째려보고는 나무 위로 올라가 자버렸다.

사실 펜릴도 클리드도 그다지 불침번이 필요하지 않다. 정말 이들을 죽이기 위해 슬금슬금 다가오는 암살자가 아닌 이상에야 대부분 시끄러운 소리를 내고 다가오기 마련이다.

링커들은 잠을 대부분 깊게 들지 않는다. 작은 소리만 나도 일어난다. 펜릴도 고작 하루에 3시간을 자지만 한 번, 두 번씩은 중간에 깨어난다.

뭐 별 일이 일어날 리가 없다.

펜릴은 야영지를 찾을 때 굉장히 안전한 곳을 제일 우선 순위로 둔다. 근처에 마수나 몬스터들의 영역이 있으면 그곳만큼은 피한다.

펜릴은 하품을 하며 아침에 일어났다.

클리드도 자신이 잤던 주변을 정리하고 곧바로 짐을 쌌다.

그러더니 대뜸 펜릴을 향해 입을 열었다.

"낚시를 할 건데 미끼가 좀 필요하다."

펜릴은 눈살을 찌푸렸다.

"양지바른 곳 가서 지렁이라도 구해오라는 소리요?"

하다하다 지렁이까지 구할 판이니 펜릴이 짜증을 내는 거다.

"지렁이는 내가 구할 거다. 낚시도 내가 할 거고."

"그렇다면 날 여기 왜 끌고 온 거요?"

"그 미끼 좀 네가 가지고 다녀야겠다."

"지렁이 가지고 다닐 힘도 없나……."

불만은 있지만, 펜릴은 더 이상 이의를 제기하지 않았다.

"따라와라."

그냥 노인네가 변덕이 심하니 길잡이나 보필이나 하라고 끌고 다니는 거다. 펜릴은 그냥 그런가보다 하고 그를 쫓아다녔다. 마체테를 꺼내 수풀이 많은 곳은 죄다 베었다.

클리드는 점점 산 깊은 곳으로 펜릴을 끌고 갔다. 그 과정에서 몇 몇 마수들을 만났다.

"안 도와 줄 겁니까?"

"그 정도는 네놈이 알아서 할 수 있잖나."

"제 마수를 부러뜨린 마당에……."

펜릴은 할 수 없이 망령의 에너지를 마체테로 끌어다 썼다.

'다행히 되는군.'

손톱만 가능할 줄 알았더니 마체테도 가능하다.

물론 마체테가 손톱만큼이나 빠르고 위협적인 무기가 된 건 아니지만 하급, 중급 마수들 정도야 아주 손쉬웠다. 물론 그 숫자가 제법 많아지니 펜릴 혼자서 전부 상대할 순 없던 것 뿐.

간간히 펜릴의 손을 벗어나는 건 클리드가 알아서 처리했다.

정말 강력한 노친네다.

'씨스톤의 팔…….'

최상급 중에서도 으뜸으로 친다는 마수.

모든 물리타격을 전부다 막아버린다는 그 마수.

뭐, 분명히 한계가 존재는 하겠지만 지금까지 씨스톤의 팔을 공격하여 상처를 준 것은 거의 없었다. 최소한 비슷한 급의 마수는 들고 나와야 상처를 줄 수 있을 거다.

씨스톤의 팔로 공격을 할 때마다 퍽퍽 죽어 나간다.

비늘로 뒤덮인 모습은 꽤나 좋아 보이지는 않지만 링커들이라면 모두 군침을 흘릴만한 마수다.

"지렁이를 잡으려면 체력 좀 보존해야 된다. 나머지는 다 네놈이 처리해라."

"젠장! 내가 지렁이 잡는 것과 다를 것도 없는 거 아뇨?"

"부정하지는 않으마."

그러면서 슬쩍 클리드가 뒤로 빠진다.

펜릴은 구시렁거리면서도 마수들을 죄다 죽였다.

주변정리가 끝나자 곧바로 다시 클리드는 앞으로 쭉쭉 이동했다.

랩터의 다리도 사용하지 않고 걸어가는 노인네의 발걸음이 굉장히 빠르다. 펜릴도 부지런히 발을 놀리며 쫓아가자 잠시 후 클리드가 걸음을 멈췄다.

"또 뭐요?"

"여기서 기다려라. 내가 부르면 그때 나와라."

잠시 후 클리드의 키가 커졌다.

랩터의 다리를 각성시켰기 때문이다.

펜릴은 클리드의 말 대로 그 자리에서 털썩 주저앉고 밑을 내려다보았다. 잠시 후 클리드가 절벽 밑으로 뛰어 내렸다. 정신 나간 행동이라고 비웃기도 전에 벽과 벽을 밟으며 내려가는 클리드를 보며 고개를 절레절레 내저었다.

'여길 어떻게 나보고 내려가라고……'

다행히 밑은 잘 보인다.

휘익!

클리드가 휘파람을 불었다.

그러자 잠시 후 절벽의 양쪽 끝에서 커다란 개구리가 나타났다. 생김새는 영락없는 개구리인데 크기는 무려 3미터, 4미터에 육박한다.

혀를 날름날름 거리는 모습과 숨을 쉴 때 마다 볼이 커졌다 작아지는 모습이 굉장히 우스꽝스럽다.

하지만, 저 개구리는 그린 프로그.

상급 마수다.

독을 내 뿜을 수 있고, 그 독에 맞으면 순식간에 녹아내린다.

긴 혀로 상대방을 낚아 채 독으로 먹기 좋게 녹여버린 뒤에 위장으로 삼켜버리는 엄청난 녀석이다.

펜릴은 그린 프로그를 상대해본 경험이 없다.

아니 상대할 이유가 없다. 돈도 되지 않고 좋은 마수도 아니다. 물론, 혀를 링크시키려고 하는 링커에게는 좋을 수도 있다.

다만, 혀를 링크시킬 멍청한 인간은 없지만.

최소한 혀는 1번이나 2번은 절대 아니다. 어떤 링커든 처음에는 팔, 그 다음에는 다리.

전투에 가장 도움이 되는 효율적인 위치다. 그렇다면 3차 각성 링커가 사용한다는 건데, 3차 각성 링커들은 혀보다는 눈이나 날개 뼈, 혹은 목에 많이 하는 편이다.

펜릴은 조금 흥미진진하게 상대하는 법을 지켜봤다.

잠시 후, 프로그들이 혀를 내밀어 클리드를 녹여버리려고 하자 클리드는 그대로 손으로 혀를 붙잡고 그대로 뽑아버렸다.

무지막지한 힘이다.

펜릴은 그 모습을 지켜보다가 기가 찬 웃음을 지었다.

뭔가 약점을 공격한다거나 할 것 같았는데 그런 게 전혀 없다. 랩터의 다리를 가진 프로그들의 독은 통할 리 만무하고 죄다 혀는 잡히는 대로 뽑힌다.

프로그들이 정리를 하자 위에서 지켜보고 있는 펜릴을 조용히 부른다.

펜릴은 곤조를 각성시킨 채, 방금 전 클리드가 했던 대로 절벽과 절벽을 밟으며 밑으로 내려갔다. 생각보다 방법이 어렵지는 않다. 절벽이 딱딱하지 않고 진흙처럼 무르기때문에 착지하기 굉장히 편했다.

클리드는 등 뒤에 가지고 있던 약초망을 그대로 내밀었다.

"거기에 다 담아라."

"뭘요?"

"프로그의 혀말이다."

"이게 지렁입니까?"

"비슷하게 생기지 않았나?"

어떻게 보면 대체 지렁이를 닮았다고 하는 지 모르겠다.

혀가 굉장히 길다. 사람 키만큼은 될 것 같다. 아니, 그 이상이다. 망에 담으려면 돌돌 말아서 뱀처럼 또아리를 틀게 해야 한다. 그렇다는 건 이 혀를 죄다 만져야 되는 데, 펜릴은 손에 느껴지는 기분 나쁜 감촉에 인상을 찡그렸다.

"다 안 들어가면 잘라서 넣어도 상관없다."

펜릴은 마체테로 혀를 정확히 삼등분해서 점점 그 망에 쌓아놓기 시작했다.

"얼마나 찼나?"

"반도 안찼어요."

"이번엔 다른 곳에 가자."

클리드는 곧바로 위치를 옮긴다.

이 방법은 지속되었다.

클리드가 먼저 가서 프로그들을 죄다 처치하고, 혀를 펜릴이 수거한다. 그게 망이 꽉 찰 때까지 계속한다. 펜릴은 어깨가 무거워질 만큼 망이 차오르자 입을 열었다.

"다 된 거 아녜요?"

"아직. 제일 중요한 한 가지가 남았다."

"뭐요?"

"레드 프로그의 혀가 남았다."

그린 프로그를 잡을 때 만 해도 설마 했었던 것이 레드라는 얘기를 듣고 확신했다.

"설마, 라트라를 잡을 생각이요?"

"애송이놈이 제법 아는 것은 있군."

"……."

펜릴의 표정이 점점 굳어졌다.

◆

라트라.

너무나도 유명한 마수다.

사람과 매우 비슷한 얼굴을 하고 있지만 몸으로 내려가 보면 뱀처럼 비늘이 솟아올라 있다.

언뜻 보면 '라미아' 라는 전설 속에 등장하는 몬스터와 크게 다르지 않다.

라트라가 유명한 이유는 심장 때문이다. 그 심장 하나가 링커들에게 십 년 이상의 수명을 가져온다. 링커들뿐만 아니라 그 누구라도 라트라를 발견하면 탐욕에 물든다.

하지만 누구 하나 쉽게 라트라를 잡지 못한다. 라트라는 강하다. 라트라를 잡기 위해서는 엄청난 재정과 병력이 필요해진다.

게다가 라트라는 워낙 이동이 잦다.

'영역'이라는 것이 거의 없다.

거의 지능으로만 따진다면 인간의 10살 어린이와 비슷하다는 얘기까지 학자들 사이에서는 나온다.

그런 라트라를 잡기 위해서는 딱 두 가지의 미끼가 필요하다.

그린 프로그의 혀와 레드 프로그의 다리다.

그것만큼은 정말 환장을 한다.

한 가지만 구해선 안 된다. 두 가지를 동시에 가져다 놔야 한다.

라트라의 출몰 위치에 가져다 놓으면 간단하다. 그리고 줄창 기다리기만 하면 라트라를 만날 수 있다.

'딸내미 수명에 목숨을 걸었군.'

미끼에 독만 발라 놓는다고 그냥 꽥 하고 죽는 게 아니다.

라트라는 최상급 마수다.

최상급 중에서도 최상급, 랩터나 씨스톤 보다도 그 위다.

더 이상 분류할 카테고리가 없어 그저 최상급이라고 부르는 것뿐이다.

3차 각성 링커가 다섯 명은 필요하다고 불린다. 그게 라트라다. 그것 때문에 누구 하나 쉽게 덤비지 못한다. 기사 수백 명이 덤벼도 라트라 하나 제대로 상대할 수가 없다. 링커들이 수명 10년 더 얻자고 5명이 한꺼번에 달려들 수는 없는 일이다.

그러다 누구 하나 죽기라도 한다면?

만약에 정말 죽여서 얻기라도 한다면?

5명은 또 다시 그 심장을 차지하기 위해 피를 토하며 싸울 거다.

심장만 얻는다면 일반인들은 분명 수명은 20년, 혹은 25년 그 이상을 기대해봄직 하다.

펜릴은 어느 정도 사정은 들어서 알고 있다.

에이미가 아프다는 것도 알고 있다. 곧 그녀가 죽을 거라는 것도 알고 있다. 이미 망령이 그녀의 영혼이 작아도 너무 작다고 눈치를 준 기억이 있다.

하지만 이대로 라트라에게 달려든다는 건 분명 '자살' 이다.

실제로 대륙 곳곳에서 가끔씩 출몰한 라트라들을 상대할 방법이 없어서 그냥 때리고 부술 때 까지 내버려 둔다. 그러다 그냥 다른 지방으로 가길 기다린다.

라트라의 수명은 기껏해야 10년이다. 10년 뒤에는 스스로 소멸한다.

데이비드 백작이 골치 아픈 건 이 라트라가 다른 지방으로 움직이지를 않는다는 거다. 하필이면 이 근처가 프로그들의 서식지다. 영지 곳곳을 돌아다니며 부수다가 배가 고파지면 프로그들의 서식지로 와 식사를 한다.

"네놈에게 별 다른 걸 요구할 생각 없다. 그냥 미끼나 잘 들고 다녀라."

"걱정 마요. 엎드려 절을 해도 도와줄 생각 없으니."

"라트라가 네놈 같은 놈이 덤빈다고 어떻게 할 수준도 아니다."

"그거 잘된 일이네."

괜히 고양이 손이라도 빌린 다고 도움을 요청해도 펜릴은 완곡히 거절할 거다.

라트라를 상대하는 건 정말 미친 짓 중에 미친 짓이다.

"낚시는 내가 한다."

"나중에 말 바꾸지 마요."

이렇게 확답을 받고 나니 펜릴은 한 결 가벼운 마음으로 망을 들고 다녔다.

펜릴은 레드 프로그의 다리를 가지고 다닐 수 있게 나뭇가지들을 엮어서 망을 하나 더 만들었다. 시장에서 산 것마냥 그럴 듯 한 게 만들어졌다. 산에서 살면서 부족한 걸 사는 것 보다 항상 만들어왔던 펜릴의 손재주는 상상 이상이다.

가지고 다니는 옷가지로 몸 하나 간신히 눕힐 수 있는 텐트를 완성하는 것도 대단하다. 바닥에 잎들을 깔고 나무와 나무 사이에 줄을 연결해 그 위로 옷들을 걸치고 나뭇가지로 고정시킨 뒤, 그 위에 잎들을 엉기설기 만들어 놓으면 비도 잘 새지 않는다.

물론, 그 만들어 놓은 텐트는 펜릴이 아닌 클리드가 잽싸게 들어가 자리를 잡고 누웠다.

펜릴은 모닥불을 하나 핀 뒤 멀찌감치 잎들을 깔고 팔짱을 머리 뒤에 낀 채 그대로 누웠다.

오늘도 텐트 안에서는 클리드의 중얼거리는 소리가 들린다.

중간 중간 대화가 비기 때문에 어떤 내용인 지는 정확히 알 수가 없다. 하지만, 클리드가 했던 말 대로 무언가를 부탁하고 있는 것 같다.

'그런다고 마수가 부탁을 들어주나?

마수는 결국 마수일 뿐이다.

호시탐탐 뇌를 잠식하기 위해서 파고드는.

놈들은 뇌를 잠식하고 몸의 주도권을 뺏어 오기 위해 점점 올라온다.

펜릴은 갑자기 팔꿈치와 무릎이 간지러워졌다.

벅벅 긁고 나니 피가 나온다.

이런 일이 뭐 한 두 번도 아니다.

자리에서 일어나 불쏘시개로 뒤적거리다가 장작을 몇 개 더 집어넣었다. 여전히 클리드는 대화를 하고 있다. 펜릴은 그냥 그러려니 눈을 감았다.

며칠 이렇게 있었더니 클리드가 저러는 것도 이젠 적응이 되었다. 시끄러운 환경에서 잠을 못 잘 것도 없다. 어차피 매일 같이 밤만 되면 3마리의 마수들은 시끄럽게 떠들어 댄다.

'이놈들과 대화를 한다고?'

키에에엑-

부탁을 한다고 과연 들어주겠는가.

마수들과 펜릴은 한 몸을 같이 사용하고 있지만 적 일 뿐이다.

그냥 기분나쁜 적과의 동침.

펜릴은 눈을 감고 잠을 청했다.

주변의 소리는 아무 상관없이 잠에 푹 빠졌다.

◆

"일어나라, 애송아."

펜릴은 클리드의 목소리에 잠에서 깼다.

아직 해도 뜨지 않은 새벽이다. 펜릴은 주위를 둘러보더니 물었다.

"뭐예요?"

"이 근처에 라트라가 출몰하는 지역이 있다. 그곳을 다 돌려면 빨리 출발하는 게 좋다."

"알겠어요."

사냥꾼은 부지런해야 한다.

남들 잘 때, 자고 남들 쉴 때 쉬면 절대 사냥에 성공할 수 없다.

결국 마수들도 생명체다.

먹고 마시고 싼다. 잠도 잔다. 잠을 잘 때 기습을 하면 효과가 있다.

그래서 사냥꾼들은 부지런해야 한다.

언제 어떻게 마수를 만날 수 있을지 모른다.

펜릴은 아무런 불만이 없었다. 어차피 잠을 못 자는 거야 링커들의 일상이다. 펜릴은 수통을 열어 가볍게 물을 축이고 주변을 정리했다. 그 시간이 그리 길지 않았다. 클리드가 가볍게 산책을 돌기 전에 끝났다.

"가요."

프로그들의 서식지에서 살짝 벗어나 클리드는 외곽으로 펜릴을 안내했다.

"이 근처에 그린 프로그의 혀와 레드 프로그의 다리를 내려 놔라."

"얼마나요?"

"적당히."

아주 어려운 수량이다.

펜릴은 망에서 손에 잡히는 대로 그냥 바닥에 내려놨다.

라트라를 잡은 경험이 없는 펜릴로써는 그래도 좋은 경험이다. 실제로 라트라를 잡을 생각을 아예 하지 않은 것은 아니다.

하지만, 혼자 잡지 못한다면 라트라는 의미가 없다. 심장을 쪼개서 나눠 먹는다고 효과가 생기는 것도 아니다. 온전한 하나.

그것이 수명 연장의 효과를 가져 온다.

용병들을 때 거지로 고용해서 잡을 수도 없다.

놈은 눈치가 빨라서 용병들이 모여들면 그 자리에는 나타나지 않을 거다.

놈을 잡기 위해서는 정숙이 가장 중요하다.

"이번엔 다른 곳으로 가자."

펜릴은 클리드가 시키는 대로 움직이며 망에서 프로그들의 혀와 다리를 꺼내 곳곳에 뿌렸다. 시간이 지날수록 망은 가벼워졌다. 그럴수록 펜릴의 발걸음은 더욱 가볍다.

힘겹게 지고 다니던 망이 텅 비었다.

"없어요, 이제."

펜릴은 어깨에서 망 두 개를 내려놓았다. 그 망을 꽉 채운 혀와 다리를 양쪽 어깨에 메고 다녔더니 삭신이 쑤신다.

"우리가 할 일은 끝났다. 흔적을 지우고 기다려야 한다."

펜릴은 노인의 뒤치다꺼리를 마지막까지 해냈다.

흔적을 지우고 적당한 수풀을 골라 두 명이 함께 지낼 만한 그럴 듯한 위장텐트도 만들었다. 뭐, 말은 그렇게 해도 실제로는 옷 몇 가지와 줄을 이용하여 머리만 가리는 형태다. 거기에 수풀을 섞어 완벽하게 비가 새는 것도 막고 주변에 동화될 수 있다.

펜릴은 팔꿈치를 긁다가 클리드를 향해 물었다.

"라트라를 잡을 방법은 있어요?"

펜릴은 문자를 뗀 지 얼마 되지 않았다. 책을 읽는 것은 서투르다. 하지만, 라트라와 관련 된 서적은 읽어본 기억이 있다.

라트라를 포획하거나 혹은 죽이는 방법에 대해 저술되어 있었다.

미끼를 이용하여 이목을 끈 뒤 그냥 기다리고 있다가 잡으라는 얘기가 끝이다.

클리드는 간단하게 대답했다.

"없다."

"그래요?"

조금 실망한 투로 펜릴이 되물었다.

클리드는 더 이상 입을 열지는 않았다.

펜릴도 더 묻지는 않았다. 어차피 잡는 역할은 펜릴이

하는 게 아니다. 클리드가 걱정할 일이다. 그 둘은 아무런 말도 없이 가만히 있었다. 시간이 지나자 비가 내렸고, 주변에 물이 고이기 시작했다. 펜릴은 살짝 일어나 손으로 주변에 동그랗게 굴을 파고 물이 빠져나갈 수 있는 통로를 만들었다.

'다행이군.'

비가 내린다는 것. 그건 지금껏 펜릴과 클리드가 돌아다녔던 흔적들이 사라진다는 거다. 이곳에서 초라하게 비를 맞는 게 불행이라고 생각할 수 있지만 사냥꾼에게 이런 건 아주 당연한 일들 중 하나다.

오래 동안 대기 한다고 어떤 불만이나 지루함을 느낄 새는 없었다.

클리드와 펜릴은 더 이상 대화가 오고가지는 않았지만, 제법 혼자서 시간을 보내는 방법에 대해서는 알고 있었다.

새벽이 왔다.

날씨가 제법 쌀쌀해진다.

펜릴은 클리드를 바라보았다. 아무런 표정도, 감정도 없어 보인다. 그냥 모든 걸 초월한 듯 한 사람이다.

펜릴은 하품을 쩌억 하다가 꾸벅꾸벅 졸기 시작했다.

클리드는 여전히 미동이 없었다.

그러다 바깥에서 작은 부스럭거리는 소리와 함께 펜릴이 잠에서 깼다.

"왔다."

펜릴이 텐트 밖으로 시선을 돌렸다.

그러다가 눈동자가 두 배는 커졌다.

'엄청나군.'

20미터가 넘는 뱀이 상체를 일으켜서 돌아다닌다고 생각해봐라.

2미터도 되지 않는 인간은 한참을 올려다봐야 끝을 볼 수 있다. 심장을 얻기 위해서는 머리를 공격해서 끝장을 내야 한다. 그런데 그곳까지 거리가 멀어도 너무 멀다.

'다리부터 공략해서 넘어뜨리거나 랩터의 다리가 아니라면 엄두도 나지 않겠다.'

곤조의 발목과 망령의 에너지를 아무리 끌어다 모아서 사용해도 20미터나 도약할 수는 없다.

펜릴이라면 일단 다리부터 공략해서 넘어뜨리는 것을 선택하겠다.

"따라간다."

클리드가 텐트 밖으로 나왔다.

펜릴도 고개를 끄덕였다.

어렵게 만든 텐트는 내버려 두었다. 저거 치운다고 시간을 소비할 생각도 없고 시끄럽게 만들 생각도 없다.

펜릴과 클리드는 정숙하게 움직였다.

쩝쩝쩝.

곳곳에 뿌려 놓은 프로그들의 다리와 혀를 라트라는 정신없이 먹기 시작했다. 주변을 경계하는 모습 따위는 없었다. 지금껏 보던 하급이나 중급 마수들과는 차원이 다르다.

그들은 음식을 먹을 때도 작은 소리에도 민감하게 반응한다.

머리를 처박고 먹다가 고개를 들어 주변을 살피는 모습을 보인다. 그러다가 낌새가 이상하면 먹을 것도 포기하고 그 자리를 뜬다.

라트라에게는 그런 모습을 볼 수가 없었다.

그냥 광적으로 프로그들의 혀와 다리를 먹을 뿐이다.

최상급, 그 중에서도 최상급.

펜릴은 살아생전 만났던 어떤 마수들보다도 분명히 강렬하게 기억 될 것임을 알고 있었다.

무엇하나 놓치지 않겠다는 듯 또렷이 쳐다봤다.

클리드는 가볍게 손목과 발목을 풀어 주었다. 장시간 앉아 있었기 때문에 몸을 푸는 모양이다.

"애송이. 네놈의 역할은 여기까지다. 이제부터는 나의 일. 여기까지 따라온다고 고생했다. 이제 돌아가도 좋다."

펜릴은 고개를 끄덕였다.

여기서 둘 다 목숨을 걸 필요는 없었다. 이건 펜릴과 관련된 일도 전혀 아니다. 명분도 없이 남의 일을 돕다가 죽는 것만큼 개죽음도 없다.

"죽지 마요."

펜릴은 그 한마디만 남겼다.

클리드는 팔과 다리를 각성시켰다. 그리고 날개까지도 각성시켰다. 라트라가 워낙 높기 때문에 위에서 공격할 심산이다.

펜릴의 말에 클리드는 씁쓸하게 말했다.

"노력해보지."

◆

씨스톤의 팔.

랩터의 다리.

트론의 날개.

무엇 하나 빠지지 않는 최상급 마수들의 향연이다.

특히 값어치로 따진다면 씨스톤의 팔 보다는 한참 떨어지지만, 3차 각성으로 날개뼈에 각인을 할 생각을 하게 된다면 누구나 이 트론의 날개를 고민해보기 시작한다.

구하기는 제법 어렵지만, 장점으로는 속도가 빠르고 공중에서 방향전환이 매우 쉽다. 그리고 날개가 커서 체력이 생각보다 소모되는 게 많지 않다. 물론 상대방에게 쉽게 노출된다는 단점이 있기는 하지만, 가죽이 질겨 웬만한 검이나 창, 화살로는 상처도 쉽게 낼 수 없다.

하지만 그 외에 트론의 날개가 각광받는 이유가 존재한다.

항마력까지 지니고 있어서 마법은 물론, 정령술, 게다가 주술사의 망령들 까지도 저항해버린다. 물론 그 항마력에는 한계가 정해져 있지만, 웬만한 힘에는 꿈쩍도 하지 않는다.

라트라를 잡는 방법은 크게 두 가지다.

밑에서 베어 바닥으로 끌고 내려오던가, 위에서 공중전을 하면서 바닥으로 끌고 내려오던가.

트론의 날개까지 지니고 있다면 굳이 아래에서 라트라의 공격을 받으며 끌어 내릴 필요는 없다. 처음부터 위에서 싸우며 자신만만한 밑으로 끌고 내려오면 된다.

펜릴이 이런 좋은 기회를 놓칠 리 없다.

적당한 자리를 골라 잘 보이는 곳에 올라갔다.

키야아악-

라트라가 괴음을 내며 주변을 진동시켰다.

클리드는 순식간에 날개를 펄럭이며 공중으로 뛰어 올라가더니 라트라의 머리를 향해 주먹을 휘둘렀다.

콰앙! 콰앙!

라트라의 동체가 순식간에 휘청 인다.

정말 엄청난 힘이라고밖에 할 수가 없다.

클리드의 옷이 당장이라도 터질 것처럼 부풀어 올랐다.

파괴력을 올린 벌크 업 상태로 돌입한 거다.

스피드야 떨어지겠지만 몸체가 큰 상대를 타격할 때는 이것 만큼 좋은 것도 없다.

'뭐야, 생각보다 쉽잖아.'

보는 거야 쉬울 수 있다.

최상급으로 도배 된 3차 각성 링커가 진정한 힘을 드러 낸 모습을 보니 라트라도 굉장히 약해 보이는 거다.

라트라가 곧장 반격을 시도했다.

손톱을 바짝 새워 팔을 마구잡이로 휘둘렀다.

멀리 있는 펜릴에게 까지 돌풍이 불 정도로 굉장히 강력 한 힘이었다.

'빠르고, 강력하다.'

하지만 너무 단순하다.

클리드는 가볍게 피해내고는 이번엔 얼굴에서 상체로 내려가 다시 타격을 가했다.

퍼억! 퍼억!

맹렬한 힘이 느껴진다. 그리고 소리가 허공을 가득 메운 다.

키야악!

라트라가 비명을 내 질렀다.

맞을 때 마다 점점 몸이 활처럼 휘어간다. 등은 굽어지 고 얼굴은 고통으로 일그러진다.

클리드는 정신없이 복부를 타격했다.

라트라는 사실 남성의 모습 보다는 여성의 모습에 가깝다. 긴 머리에 가슴까지 솟아오른 모습. 상체만 본다면 영락없는 인간이지만 그 밑으로는 15미터가 넘는 꼬리가 있다. 무려 상체만 5미터가 넘으니, 인간의 2.5배나 되는 크기다. 그 커다란 면적을 인간의 작은 주먹으로 타격하려니 우습다. 다만, 그 타격이 점차 먹혀들어간다는 건 대단한 일이다.

라트라의 복부를 공격하는 건 아주 당연한 거다.

아예 내장을 파괴시킨 뒤에 바닥으로 끌고 내려온 뒤, 밑에서 승부를 볼 셈이다.

아무래도 공중에서는 타격이 제대로 들어가기 어렵고 움직임이 불편하다. 클리드의 공격도 투박한 느낌이 드는 건 전부 공중전을 하고 있기 때문이다.

키아아아!

라트라가 몸을 돌렸다.

거대한 몸이 순식간에 움직이더니 무언가 그림자 하나가 클리드를 덮쳤다. 클리드는 몸을 바짝 숙이며 팔과 다리로 얼굴과 몸을 보호했다.

"컥!"

라트라의 꼬리다.

거대한 채찍이 하나 지나간 듯 씨스톤의 팔이 빨갛게 부어올랐다.

'엄청난 힘이다.'

아무리 때려도 꿈쩍하지 않던 씨스톤의 팔이 부어오르다니.

저건 씨스톤이 버틸 수 있는 한계를 돌파한 거다.

비늘까지 완벽히 벗겨졌다.

클리드는 펜릴의 맨티스 손톱에 비늘이 상당 부분 벗겨진 상태였다. 바닷물에만 닿는다면 곧바로 재생을 시작하지만, 이 근처에서 바닷물을 구하기란 요원한 일이다.

재생하지 않은 상태로 내버려 뒀으니 충격이 더 크게 다가왔다.

'라트라는 라트라다.'

씨스톤의 팔이 그러니 랩터의 다리라고 무사하지는 못하다.

랩터는 속도에 취중한 마수다.

씨스톤과는 각인 목적 자체가 완전히 다르다.

라트라의 꼬리 한 번에 다리가 덜컹 거렸다.

클리드는 더욱 높이 날아올라 이번엔 라트라의 머리에 올라탔다.

뿔난 황소 위에 올라탄 위태위태한 사람 같다.

펜릴은 마치 남부에서 흥행했던 '로데오' 라는 게임이 연상되었다.

머리카락을 붙잡고는 두개골을 향해 주먹을 내질렀다.

쩌엉!

두개골에 엄청난 울림이 전해진다.

끼아아아악!

라트라의 비명소리와 함께 곧바로 바닥으로 몸이 떨어졌다.

클리드의 주먹도 무사하지는 못하다.

두개골은 뇌를 보호하는 가장 단단한 뼈 중 하나다.

그 뼈를 공격했으니 주먹이 무사할 리 만무하다.

게다가 인간의 뼈도 아니고 라트라의 뇌를 보호하는 두개골이다.

라트라도 충격을 받긴 했지만, 회복하는 건 오래 걸리지 않는다. 하지만, 주먹을 회복하려면 당장 바닷물에 손을 집어넣어야 한다.

그럴 듯한 소금물도 안 된다. 씨스톤의 팔은 오로지 바닷물에만 반응한다. 지금 이곳에서 바닷물을 구할 수는 없으니 회복이 불가능하다는 소리다.

라트라는 20미터가 넘는 몸을 이끌고 바닥을 휩쓸며 등 뒤에 있는 클리드를 떨어뜨리기 위해 몸부림 쳤다.

절대 떨어지지 않겠다는 듯 머리카락을 붙잡자 라트라는 그대로 몸을 뒤집었다. 그대로 있다가는 무게에 눌려 압사당할 것 같아 클리드가 그때야 바닥으로 떨어져 내렸다.

클리드의 가슴이 빠르게 오르락내리락 움직인다.

방금 전만 해도 라트라를 그로기까지 몰던 모습과는 다르다.

라트라는 순식간에 데미지를 회복했지만, 클리드는 아니다.

클리드는 치명타를 허용한 게 전혀 없지만 가장 큰 약점인 체력이 드러났다.

3가지 각성을 한 번에 사용했다는 것과 발목을 잡는 건그의 나이다. 40대에 불과하지만 몸의 나이는 60대 70대에 육박한다. 그런 그가 젊은 체력을 유지한다는 건 불가능하다. 한 번 체력이 떨어지면 회복하는 데 시간이 굉장히 오래 걸린다.

라트라는 이젠 아예 바닥을 쓸고 다니며 클리드를 공격했다.

클리드가 트론의 날개로 날아오르자 곧바로 따라 올라가더니 날개를 손으로 잡았다.

키야아아아!

클리드를 앞에 두고 소리를 내지른다. 클리드의 인상이 절로 찡그려졌다. 엄청난 악취가 엄습해왔다.

좌악!

라트라의 손이 우악스럽게 벌어졌다.

클리드의 한쪽 날개가 반으로 찢어졌다. 라트라는 볼 것도 없이 손아귀에서 클리드를 내려놓았다. 날개를 잃은 클리드는 20미터 아래로 추락했다. 떨어지는 와중에도 클리드는 랩터의 다리가 무거운 것을 이용해, 다리로 착지자세를 취했다.

"큭!"

클리드의 입에서 짧은 비명이 나온다.

꼬리에 당한 랩터의 다리가 정상일리 만무하다.

평소라면 20미터 높이라면 충분히 다리의 힘으로 견딜 수 있지만 지금은 아니다.

충격을 최소화하기 위해 클리드는 몸을 앞으로 굴리며 낙법 자세를 취했다.

양쪽 다리가 맞이 갔고, 오른쪽 주먹이 완전히 박살이 났다.

왼쪽 날개는 찢어졌다.

누가 봐도 클리드에게 승산이 없어 보인다.

'설마, 저 노인네 여기서 죽을 생각이야?'

뭐, 방법을 물어도 가르쳐주지도 않은 악취미 같은 노인네의 성격으로 봤을 때는 가능성은 있다고 봤다. 일말의.

그런데 저렇게 일방적으로 당하는 모습을 보인다면 펜릴의 마음도 썩 편하지는 않다.

죽어 버린다면야 어쩔 수 없지만, 펜릴은 급한 게 하나 있었다.

'그러고 보니.'

저 노인네에게 라크와 티라의 대한 행방을 물어본다는 것을 깜빡했다. 죽어버리면 물어볼 대상도 없어진다.

'멍청한 놈.'

펜릴은 스스로를 책망했다.

라크와 티라에 대한 행방을 들었다면 지금 이 순간, 선택의 폭이 적어도 하나 두 개는 더 많았을 거다.

펜릴은 자리에서 일어났다.

마음이 불편하다고 저 노인네를 무작정 구하러 갈 필요는 없지만, 지금 당장 도와야 될 이유는 생겼다.

펜릴은 마체테를 뽑고 라트라를 향해 달려들었다.

◆

"튑시다!"

도망은 부끄러운 게 아니다.

그 어떤 사람들도 자신만의 소중한 것들이 존재한다.

펜릴은 당연히 목숨이다.

그건 누구나가, 대부분이 그럴 거다.

그런데, 아주 가끔씩. 목숨 보다 중요한 것들이 존재하는 사람들이 있기 마련이다.

적어도 눈앞에 있는 이 노인네는 자기 목숨 보다 중요한 게 있다고 생각하는 사람들 중 하나다. 물론, 펜릴은 정반대고.

펜릴은 오랜만에 망령을 각성시켰다. 망령이 바깥으로 나오자 곧바로 한 행동은 주변을 완벽한 어둠으로 만들어 버린 거다. 이 어둠속에서 펜릴은 자유자재로 움직일 수 있지만, 적어도 라트라의 움직임만큼은 방해할 수 있을 거다.

펜릴이 망령을 사용하자 다소 클리드는 놀란 눈치다. 하지만, 그게 중요한 건 지금이 아니다. 궁금증은 살아서나 생길 수 있는 사치의 하나다.

양 다리가 부러지고 오른쪽 주먹이 날아가고 왼쪽 날개 하나가 찢어졌다. 승산은 없다. 라트라의 회복속도는 빠르다. 그깟 작은 주먹 몇 대 맞았다고 뼈가 부러지고 내장이 파괴될 일은 절대 없다.

오히려 맞은 놈 보다 때린 놈이 충격이 더 크다.

그게 라트라다.

그게 최상급 마수 중에 최상급이다.

이래서 아무도 홀로는 도전하지 않는 거다.

"그건 안 된다."

"아, 진짜. 이대로 개죽음 당할 겁니까? 기회는 또 있다고요."

펜릴은 인상을 찡그렸다.

요지부동.

망부석이 되어버린 클리드를 설득시켜야 한다.

이렇게 급한 때에.

노인이 되면 점점 더 어려진다더니 딱 그렇다.

빌어먹을, 몸이 늙어 간다고 머리 나이까지 늙어 버린 모양이다.

"가려면 너 혼자가라. 난 못 간다."

"젠장! 급해 죽겠는데. 이유가 대체 뭔데요? 노친네 딸내미 때문에요? 당신이 뒈져버리면 그 딸내미는 어떻게 하라고요."

딸 얘기가 나오자 클리드의 눈빛이 흔들린다.

"에이미 때문만은 아니다."

"그럼요?"

"네놈이 오기 전부터, 나는 매일 밤 내 안에 있는 마수들과 끊임없이 대화를 나눴다."

"그래서요?"

클리드는 담담히 다음 말을 이어나갔다.

"오늘이 지나면 난 자아를 잃는다. 잠식당한다는 말이다. 이미 잠식은 내 머리까지 진행되었다."

"……."

펜릴은 아무런 말도 하지 않고 그냥 침만 꼴깍 삼켰다.

자아를 잃는다는 것.

그건 인간이 아니라 그냥 한 마리의 마수가 되어버리는 거다.

최상급 3개를 도배한 마수 말이다.

"오늘이 마지막이다. 내 마수들과 타협을 한 시간은. 대화를 나누지 않았다면 난 진작 내 머리를 빼앗겼을 거다. 아주 기특한 녀석들이야. 놈들도 내 사정을 알고 무려 반년이나 내 부탁을 들어줬으니까."

펜릴은 머리를 긁적였다.

사면초가란 말이 딱 이럴 때 쓰이는 말 같다.

어떻게 해볼 수가 없다.

"사정이 딱하긴 한데, 지금 노친네 몸으로는 저 라트라를 상대로 이길 수는 없으니 그냥 내 말대로 튑시다. 아니면 하루를 더 부탁해 보든가."

클리드는 고개를 내저었다.

어떻게든 오늘 끝장을 보려는 심산이다.

'빌어먹을, 이 노친네가 뒤져버리면 어떻게 하라고.'

설득이 안 된다면 방법은 딱 하나다.

펜릴이 고개를 뒤로 돌리자 라트라가 어둠속에서 완전히 벗어났다.

◆

'웃! 엄청나다.'

펜릴은 본능적으로 목을 바짝 당겼다.

망령과 그는 붉은 실타래로 연결되어 있다. 이 실타래는 만질 수 있는 게 아니지만, 각성 된 망령은 펜릴의 심장과 다름이 없다. 심장이 통째로 나갔으니 펜릴은 당연히 망령의 에너지를 끌어다 쓸 수가 없다. 오로지 유지되는 건 생명뿐이다.

망령이 어둠으로 뒤덮고, 라트라의 움직임을 막는 데 모든 에너지를 다 써버린다. 그런데도 라트라는 그 어둠을 빠져 나왔다.

망령은 라트라를 포기하고 펜릴에게 돌아왔다.

어둠도 걷혀 들어갔다.

키아아아악!

라트라는 갑작스럽게 참전한 펜릴을 보고 소리를 내질렀다.

펜릴은 인상을 잔뜩 찡그리고 두 손으로 양쪽 귀를 막았다.

멀리서는 몰랐는데, 가까이서 들으니 골이 울릴 정도로 엄청난 괴음이다.

그 소리 한 번에 이명이 들려온다.

망령은 눈에 보이지 않는 타격까지 막아주는 게 아니다.

검은숲에서 물속에 떨어진 주술사가 마법사들의 전격 공격에 당했던 것은 망령들이 막아줄 수 없었기 때문이다.

엄청난 공포감이다.

펜릴은 가까스로 떨어뜨린 마체테를 다시 주웠다. 그러고 덤덤하게 라트라를 바라보는 클리드를 보았다.

'이 노인네와 같이 있다가는 제 명에 못 죽겠다. 빌어먹을, 여기서 꿈쩍도 하지 않겠다는 데 억지로 데리고 갈 수도 없고.'

라트라가 몸을 뒤틀었다.

펜릴은 이 자세를 이미 높은 곳에서 봤다.

순식간에 펜릴의 5미터 앞으로 장막이 하나 쳐진다.

망령이 펜릴이 위험하다고 생각되자 스스로 보호를 하는 거다.

거대한 꼬리가 펜릴을 향해 덮쳐들었다.

쨍그랑!

유리창이 깨지는 소리가 들린다.

"젠장!"

펜릴은 곤조의 발목을 각성시키고 클리드를 껴안고 곧바로 그 자리를 피했다.

가슴이 찌릿찌릿 한 것처럼 충격이 전해져 온다.

펜릴은 주위를 한 바퀴 둘러보았다.

근처에 있는 나무들이 모조리 박살이 나고 쑥대밭이 되었다.

망령은?

사라졌다.

펜릴이 손을 가슴에 대자 다시 심장이 뛴다.

각성이 강제로 풀린 거다.

망령은 라트라의 꼬리를 온전히 흡수하지 못했다.

검은숲에서 주술사는 무적이었다.

그 이유는 그가 가지고 있던 망령들 때문이다. 망령들은 공격과 수비를 조화롭게 이루어내며 노인을 최강자로 등극시켰다.

그 망령을 펜릴은 수비에만 치중시켰다. 그런데 데미지를 흡수하지 못하고 각성이 깨져버렸다.

'엄청나다.'

대부분의 사람들이 망령을 건드리지 못하는 것은 실체가 없는 몸이기 때문이다. 무언가 방어를 할 때는 실체화가 되긴 하는데, 그 실체화된 힘을 박살낸다는 건 라트라의 데미지가 무지막지하다는 뜻이다.

그런 힘을 팔과 다리로 막으려 했으니 클리드가 이 꼬라지가 된 것은 당연할 수밖에 없는 일이다.

심장에 각인이 된 것이기 때문에 어차피 시간이 지나면 망령을 회복을 할 거다.

'다행이다.'

망령의 에너지는 쓸 수가 있다.

회복하는 데 까지 각성을 할 순 없겠지만, 지금 이 순간만큼은 최악은 피했다고 볼 수 있다.

'싸워야 되나?'

저 놈하고?

"저 녀석과 정말 오늘 끝장을 봐야겠어요?"

펜릴이 클리드를 향해 묻자, 클리드는 별 말을 하지 않는다.

눈을 봐서는 오늘이 아니면 의미가 없는 것 같다.

"그나저나 네놈은 왜 이곳에 온 거냐?"

클리드가 되묻는다.

"젠장! 누가 오고 싶어서 온 줄 알아요? 제 부탁을 들어준다면서 돼지면 누가 들어주냐고요."

"끌어들여서 미안하군."

"사과는 됐으니까 이제 어떻게 해야 될 지 얘기 좀 해봐요. 지금 이렇게 한 가 하게 대화할 시간은 없어요."

라트라는 눈을 부라리며 펜릴과 클리드를 찾는다.

워낙 먼지가 많이 일어나 라트라 눈에 그 둘의 모습이 제대로 보이지 않는 거다.

"라트라는 심장을 부수면, 그 효과를 받을 수 없다. 오로지 머리다. 머리를 쳐야 놈의 심장을 온전히 얻을 수 있다."

"그래서요?"

"시간을 끌겠다. 네놈이 머리를 쳐라."

너무도 당연한 말에 펜릴이 인상을 찡그렸다.

"그게 다예요?"

"두개골을 주먹으로 부술 순 없다. 지금 네놈이 칼을 들고 있으니 가능하겠지."

"알겠어요."

범위를 넓혀 타격을 하는 것 보다는 검과 같이 점으로 한 곳을 찌르면 효과를 볼 수도 있다.

"먼저 가라."

펜릴은 고개를 끄덕였다.

"갑니다."

천천히, 아주 천천히 움직여야 한다. 라트라의 눈에 보이면 안 된다. 그럼 기습이 통할 리 만무하다. 눈길을 끄는 건 펜릴이 아니다. 그 역할은 클리드가 해야 한다.

클리드는 먼지속에서 빠져 나와 일부로 소리를 냈다. 라트라가 그곳으로 시선을 돌린다.

'됐다.'

펜릴은 그때부터 적극적으로 움직였다.

'더 빠르게, 더 빠르게 움직이자.'

펜릴은 라트라의 후미를 점했다.

막상 오고나니 고민이다. 라트라는 상체를 들어 올렸다. 상처를 공격하려면 그도 그에 걸맞은 높이가 있어야 한다. 날개도 없고 곤조의 발목으로 힘껏 뛰어도 머리까지 닿지 않는다.

펜릴이 난감해 하자 클리드가 갑자기 손을 번쩍 들어 올리더니 라트라를 향해 공격해 들어왔다.

'미쳤군, 저 노인네.'

랩터의 다리 따위는 이미 집어넣은 상태다.

찢어진 트론의 날개는 문신 속으로 들어갔다.

완전히 박살 난 오른쪽 팔도 집어넣었다.

클리드는 딱 하나.

씨스톤의 왼쪽 팔만큼은 내버려뒀다.

랩터가 없으니 느릿한 발걸음에, 트론의 날개가 없으니 날지도 못한다. 씨스톤의 오른쪽 팔이 없으니 왼쪽 팔은 밸런스가 맞지 않아 몸의 균형이 자꾸 무너진다.

클리드는 이를 악물고 라트라의 앞까지 이동했다. 그리고 정신없이 몸체를 왼쪽 팔로 가격했다.

라트라는 팔을 휘두른다. 그 바람에 허리를 바짝 아래로 숙인다. 클리드가 밑에 있기 때문에 공격을 하려면 팔을 내릴 수밖에 없다.

'기회다.'

펜릴은 라트라의 꼬리에 올라탔다.

"으아아아!"

쉴 세 없이 날 뛰는 라트라의 몸의 중심을 곤조의 발목으로 간신히 균형을 잡고 정신없이 위로 올라갔다.

인간의 피부와는 정말 다른, 뱀의 가죽처럼 느껴지는 촉감.

최악이다.

'그러니까 한 번에 끝내자!'

펜릴의 양쪽 마체테에서 붉은 기운이 솟아오른다.

이건 망령의 에너지다.

이 에너지는 씨스톤의 팔 까지도 데미지를 주었다.

충분히 라트라의 두개골 따위는 단숨에 쪼갤 수 있다.

라트라는 펜릴의 존재를 알아 차렸다. 움직임을 멈추고 등을 돌려 펜릴을 쳐다본다.

'다 왔어!'

펜릴은 그 자리에서 도약을 했다. 그리고 라트라의 머리 위로 올라탔다.

라트라가 머리를 마구 흔들기 시작한다. 펜릴은 마체테 하나를 버리고 왼손으로 머리카락을 붙잡았다.

"뭐하나 애송이!"

"젠장! 중심 잡기가 어렵다고요."

클리드의 목소리에 반응한 펜릴은 곧바로 남은 손의 마체테로 라트라의 머리를 찔렀다.

푸욱!

키아아아악!

라트라가 벌렁 넘어졌다.

'얕아!'

몸을 바로 뒤집는 바람에 끝장을 보지 못했다. 펜릴은

완전히 라트라에게서 벗어난 뒤넘어진 라트라의 꼬리를 위에서부터 아래로 단숨에 베어버렸다.

소화가 덜 된 프로그의 혀와 다리들이 위장액과 같이 흘러나온다.

스읏! 스읏!

라트라가 콧김을 마구 내뿜기 시작한다.

몸은 붉게 물들었다.

"뭐, 뭐야?"

펜릴은 갑작스런 라트라의 변색에 깜짝 놀라 주춤했다.

"끝장을 내라!"

옆에 있던 클리든가 소리를 질렀다.

펜릴은 고개를 끄덕이고 라트라의 이마를 향해 마체테를 푸욱 찔렀다.

그런데 마체테가 박히기만 하고 툭! 하고 부러졌다.

두개골이 더 단단해졌다.

라트라의 눈은 펜릴을 향해 동그랗게 뜨더니 팔을 들어올리며 펜릴을 향해 위에서부터 아래로 찍어 내린다. 펜릴은 본능적으로 무릎을 굽혔다가 피며 그 자리를 피했다.

잘린 꼬리를 제외하고, 절단면에서 새 살이 돋아나 막아버렸다. 크기는 반 이하로 줄었지만 팔의 스피드도 그렇고, 단단해진 것도 그렇고 전 보다 더 강해진 모습이다.

"놈이 폭주했다."

클리드의 말에 펜릴이 눈살을 찌푸렸다.

가끔, 아주 가끔 마수들 중에서 폭주를 하는 놈들이 있다.

이성을 잃어버리고 마구잡이로 공격을 하는 건데 이때는 동족이고 뭐고 가리지 않는다.

지 새끼도 잡아먹는다.

그런데 저렇게 빠르게 상처를 회복하고, 더 강해지기 까지 하는 폭주는 보기 힘들다. 특히 라트라가 폭주를 했다는 얘기는 들어 본 적도 없고.

그런데, 폭주와는 조금 다른 것 같다.

갑자기 몸을 비비기 시작하더니 피부가 조금씩 깨지며 안에서부터 무언가 기어 나오기 시작한다.

마치 저 모습은 뱀이 허물을 벗는 것과도 같다.

"라트라는 일생에 두 번 정도 허물을 벗는다고 들었는데……."

라트라도 뱀이다.

뱀으로 된 마수의 하나일 뿐이다.

상체는 인간의 모습을 하고 있어도 결국은 뱀에 불과하다.

허물을 벗는 게 이상한 일은 전혀 아니다.

"애송이 잘 들어라."

그때, 클리드가 아까 펜릴이 떨어뜨린 마체테를 집어 들었다.

"뭐예요?"

"놈이 허물을 벗는다면 지금 보다 더 단단해지고 강력해질 거다. 방금 전처럼 그런 방법은 더 이상 통하지 않아."

"그래서요?"

"난 나이가 너무 많아 마나연공법을 배우지 못해, 그냥 그저 그런 링커에 불과했다. 하지만 너는 다르다. 마나연공법과는 달라 보이지만 주술사의 망령들까지, 그리고 그 에너지까지 사용하는 걸 보면 마수들에게 그 힘을 전달하는 것도 가능하겠지."

마체테나 블랙 맨티스의 손톱에 망령의 에너지를 전달하여 붉게 물들게 만드는 힘을 얘기하는 것 같다.

펜릴은 고개를 살짝 끄덕였다.

"씨스톤의 팔은 대부분의 물리 데미지를 방어하는 것은 물론, 실체가 없는 것 까지도 잡을 수 있다. 항마력과는 조금 다르다. 간단하게 설명한다면 네놈의 망령을 난 손으로 붙잡을 수 있다는 얘기다. 네놈이 설마 망령을 다룰 수 있을 지는 몰랐지만, 나에게 사용하지 않은 건 아주 잘했다."

씨스톤에 대한 설명을 주절주절 하기 시작한다. 그러면서 입가에 미소까지 짓는다.

"갑자기 그 얘기는 왜 하는 데요?"

클리드는 펜릴의 질문을 무시하고 얘기를 더 꺼냈다.

"부상을 당하면 바닷물에 넣기만 해도 효과를 볼 수 있을 거다. 네놈이 조금 똑똑하다면 바닷물을 평소에 가지고 다니는 것도 나쁘지 않겠지. 뿐만 아니라 몸 전체가 효과를 받는다. 다리에 상처가 생겨도 그냥 바닷물에 들어가라. 그냥 가만히 자연치유를 받는 것 보다는 더 빠르게 회복 될 거다. 아니, 월등히 빠를 거다. 이것이 씨스톤의 팔이 최상급 중에서도 최상급으로 평가 받는 이유다."

"……."

펜릴은 더 이상 말하지 않고 펜릴의 이야기를 들었다.

"팔을 내놔봐라."

펜릴이 어정쩡한 자세로 있자, 억지로 펜릴의 손을 붙잡는다. 그러더니 마체테로 손등의 각인의 문신을 푹 찔렀다. 피가 울컥 쏟아진다.

"뭐, 뭐하는 거예요!"

"어차피 난 오늘이 지나면 잠식이 되기 때문에 최상급 마수는 필요가 없다."

클리드는 마체테를 자신의 왼쪽 어깨 밑으로 집어넣었다.

그러더니 한 치의 망설임도 없이 자신의 팔을 잘라버렸다.

씨스톤의 팔을 제어하여 그 부분만 인간의 팔인 부분이었다.

왼쪽 팔에서 피가 분수처럼 쏟아진다.

클리드는 그리고 다시 마체테를 집어 들어 굉장히 불편한 자세로 오른쪽 어깨를 완전히 잘라냈다. 오른손으로 왼팔을 자르는 거야 쉽지만, 오른손으로 오른팔을 잘라내는 건 상당히 어려운 일이다. 한 번에 하지 못하고 두 번, 세 번에 걸쳐서 그 일을 끝냈다.

바닥에 떨어진 팔은 인간의 팔이 아닌, 씨스톤의 팔이다.

하지만 클리드는 양 팔을 완전히 잃었다.

클리드는 펜릴을 쳐다보며 말했다.

"네가 가져라."

◆

라트라의 몸에서 빛이 번쩍였다.

머리 부분부터 조금씩 허물이 벗겨지기 시작하더니 안에서부터 무언가가 꿈틀꿈틀 거리며 나오기 시작했다. 주변에는 엄청난 열기가 들끓어 가까이 다가가기가 어려울 정도였다.

펜릴은 다소 이 상황을 받아들이는 데 시간이 걸렸다.

클리드는 굉장히 평온한 표정이다.

양 팔을 스스로 자르고도 고통에 찬 얼굴이 아니다.

'잠식이 고통을 통제하고 있는 건가.'

그것 말고는 할 말이 없었다.

당장 내일 자아를 잃는다고 해도 팔을 자른다는 건 어지간한 결심이 아니면 불가능한 일이다.

물론, 그건 펜릴을 향한 결심은 아니다. 라트라의 심장을 향한 결심. 즉, 자신의 딸 에이미를 위한 일이다. 하지만 분명한 것은 펜릴에게는 호조로 다가올 수 있다는 거다.

펜릴의 머리 계산은 다소 늦게 걸린 게 문제였다.

지금 이런 상황에서도 펜릴은 이것저것 재야되는 것들이 많았다.

단숨에 최상급 마수를 얻는다고 펜릴이 최상급 마수를 쉽게 다룰 수 있다고 생각하면 안 된다.

펜릴이 왜 처음에 잠식 범위가 작은 블랙 맨티스를 선택했는지 기억한 다면 충분히 정리가 필요한 시점이다.

사람들은 양 쪽 팔도 아니고 손등만 각인을 한 펜릴을 이상하게 생각 할 지 모르겠지만, 그건 펜릴로써는 최선의 선택이었다. 몸의 부담감을 줄이고 잠식의 속도를 늦출 수 있으면서도 링커의 장점을 흡수할 수 있는.

게다가 맨티스는 하급에 불과하다.

씨스톤의 팔은 최상급이다.

그 격차가 너무 심하다.

누구나 걷지도 못하는 사람이 뛸 수는 없는 법이다.

모든 것은 단계가 필요하고, 그 단계를 뛰어 넘으려 한다면 부작용이 뒤따른다. 특히나 그게 링커라면 더 이상 말할 것도 없다.

여기서 펜릴은 선택을 해야 한다.

부작용의 위험을 안고 씨스톤의 팔을 취하느냐.

아니면 이대로 도망을 가느냐.

"젠장!"

느긋하게 생각할 시간은 주어지지 않았다.

이미 옆에서 라트라는 계속해서 허물을 벗고 바깥으로 나온다.

허물을 벗고 나온 라트라는 더욱 강력해졌을 거다.

클리드가 양팔도 이미 잘라버린 이상, 그는 도움이 되지 못한다.

게다가 여기서 클리드를 외면할 수도 없다. 이미 팔 까지 다 내어주지 않았나.

"부담 갖지 마라 애송이. 공짜로 꿀꺽 하라고 넘겨주는 것 아니다."

"누가 모르는 줄 알아요?"

클리드의 양쪽 팔에서 피가 멈췄다.

그의 위험을 알아차린 마수들이 혈관을 틀어막아 버린 거다.

이미 그의 몸은 그 스스로 어떻게 할 수 있는 것이 아닌 듯 해보였다. 적어도 피를 많이 흘려 죽을 일은 없어 보인다.

분명히 이건 기회다.

최상급, 그 중에서도 절대 구하기 힘들다는 씨스톤의 팔.

뭐, 모양은 조금 안 살겠지만 검을 들 수도 있고 활을 사용할 수도 있다. 평소에 마체테를 다루는 것에 능숙한 펜릴에게 주먹을 다루는 것이 조금 서투를 수야 있겠지만 그건 뭐, 배우면 그만이다.

'내 인생에 다시는 오지 않을 기회일 수도 있다.'

부작용은 어떻게든 케어를 하면 가능할 수도 있다.

이미 손등의 블랙 맨티스도 팔꿈치까지 잠식이 진행되어버린 상태다. 언젠가는 손등에서 팔로 범위를 확장시켜서 다시 각인을 할 때가 필요하긴 했다.

그게 지금이라는 것이 마음에 걸리는 것 뿐.

"애송아, 할 거면 지금 당장 해라!"

클리드의 말이 자꾸 거슬린다.

"빌어먹을! 상의도 없이 이렇게 덜컥 팔을 잘라버리면 어떻게 해요! 강제나 다름이 없잖아요."

펜릴은 클리드를 향해 인상을 잔뜩 찌그리고는 팔을 집어 들고 피를 그대로 목으로 삼켰다.

클리드는 피식 웃었다.

"고맙다, 애송아."

"오해하지 말아요. 씨스톤의 팔을 포기할 수 없으니 어쩔 수 없는 거예요."

펜릴의 몸에서도 엄청난 열기가 생성되었다. 그리고 잠시 후 펜릴의 앞에 삼지창을 들고 있는 악마가 나타났다.

'주술의 악마.'

링커들을 관리하고 관장하는 녀석.

케케케!

그 녀석은 역시나 이번에도 펜릴을 보며 하얀 이를 드러낸다.

그러더니 낄낄낄 웃고는 그 열기를 죄다 흡수해갔다. 이번에는 열기 뿐만 아니라 펜릴의 손등에 잠들어 있던 블랙 맨티스의 영혼까지도 모두 흡수해버렸다.

대신 씨스톤의 영혼이 이번에는 펜릴의 팔에 각인되었다.

신기한 일이 벌어진다. 손등에 있었던 문신이 이번에는 어깨 바로 밑까지 올라갔다.

"크으으……"

펜릴은 오만가지 인상을 썼다.

평소와는 다르게 고통이 굉장히 수반되는 과정의 반복이다.

양쪽 팔이 마치 불에 덴 것처럼 타오르는 느낌이다.

"아직 익숙하지 않아서 그런 거다. 천천히, 천천히 녀석의 마음을 달래줘라. 내가 가지고 있던 씨스톤은 아주 악마 같은 녀석이거든."

"그걸 지금 말해 주면 어떻게 해요?"

마수들 마다 성격이라는 것이 존재한다.

특히 성격이 나쁜 마수들은 평소보다도 더욱 귀찮고 못살게 굴 때가 많다.

"이제 천천히 각성을 시켜 봐라. 라트라는 신경 쓰지 말고. 아직 놈은 허물을 벗고 있는 과정이니까."

신경 쓰지 말라니까 더 신경 쓰고 싶어진다.

펜릴은 힐끔 라트라를 쳐다봤다가 천천히 클리드의 말대로 씨스톤의 팔을 각성시켰다.

팔에 돌덩이라도 하나 얹은 것 마냥 무겁다.

펜릴의 팔이 축 내려갔다.

이러면 검이나 활을 쓰기가 굉장히 불편해 진다.

왜 클리드가 딱히 다른 무기를 들고 다니지 않았던 건지 알 수 있을 것 같다.

"시간이 지나면 그 무게에 적응이 될 거다. 그래서 근력을 높이는 운동을 하는 게 중요하다."

펜릴은 이 무게에 그렇게 신경 쓰지 않았다. 어차피 씨스톤이 아니더라도 어떤 팔을 갖다 붙인다더라도 단점은 존재한다. 물론, 이것과 같이 무게가 무거운 팔들도 수두룩하다.

이건 적응만 한다면 충분히 괜찮은 일이다.

끄르륵, 끄륵-

기분 나쁜 울음소리가 귓속에서 들려온다.

확실히 몸 구석구석 들려오던 맨티스의 목소리는 더 이상 들리지 않는다.

아쉽거나 그런 감정이 느껴지는 건 아니지만, 만날 들리던 목소리가 하나 사라지니 마음 자체가 조금 뒤숭숭하다.

펜릴은 어색한 기분을 떨쳐 버리고 손을 조금씩 움직여 봤다.

마치 손만큼은 물속에라도 들어온 것처럼 떠다니는 듯한 느낌이다.

아무래도 씨스톤 자체가 바다에서 생존하는 마수이기 때문이다.

펜릴은 자기 자신과, 몸과, 팔이 씨스톤에 적응할 수 있도록 시간을 들였다. 보통 펜릴은 처음 각성을 맺으면, 그 맺은 부위에 첫날 하루를 통째로 시간을 들인다. 사용법에 대해서 연구도 하고 얻을 게 많기 때문이다.

그런데 오늘만큼은 다짜고짜 하급에서 최상급으로 팔을 갈아 끼우고, 첫 실전이 라트라다.

"녀석이 밖으로 나왔다."

클리드의 얘기에 펜릴은 고개를 옆으로 돌렸다.

허물을 꾸역꾸역 벗겨 낸 라트라는 어느새 말끔한 모습으로 변해 있었다.

상처 따위는 없었다. 크기는 20미터에서 절반 밖에 되지 않을 정도로 작아졌지만, 허리까지 오는 인간의 상체는 아주 수준급의 미모였다.

남자가 아닌, 여성의 상체.

아름다운 여성이지만 10미터에 육박하는 몸을 가진 여성을 누가 좋아할지는 모르겠다.

말도 통하지 않고.

펜릴은 어깨를 축 늘어뜨렸다.

정말 어깨를 비롯해서 몸 전체에 부담이 너무나 많이 가는 놈이다.

"괜히 죽지 말고 옆에 어디든 가 있어요."

펜릴의 말에 클리드가 고개를 끄덕였다.

불과 방금 전만 해도 클리드가 싸움을 하고 펜릴이 지켜보는 입장이었다면, 그 역할이 지금은 정반대로 되었다.

누구를 위해 싸우는가?

이건 각자의 이익이 걸린 문제다.

펜릴은 씨스톤의 팔을 얻었고, 클리드는 에이미를 위한 라트라의 심장이 필요하다. 그리고 펜릴은 클리드가 알고 있는 라크와 티라에 대한 정보가 필요한 상황이다.

라트라만 잡는 다면 윈윈 전략이다.

팔을 잃기는 했지만 어차피 클리드는 내일만 되도 잠식 때문에 자아를 잃는다.

클리드가 생각하기에 펜릴의 장점은 너무나도 많다.

일단, 젊다는 것.

그건 크나큰 장점이다. 체력도 좋고, 부족한 부분을 금방 매울 수 있다.

그리고 정체불명의 에너지를 사용할 수 있다는 것.

이건, 망령의 에너지지만 펜릴은 그 망령의 에너지를 마치 마나연공법을 배운 자들처럼 사용할 수 있다.

씨스톤의 팔이 무거운 건 사실이다. 하지만, 그건 적응만 한다면 그냥 인간의 보통 팔 처럼 사용할 수 있다. 시간이 해결 해줄 일이다.

펜릴은 천천히 망령의 에너지를 끌어 올렸다.

마체테나 블랙 맨티스의 손톱에다가 그 힘을 사용하는 것과 다르게 팔 전체를 이용하였다.

무게가 굉장히 가벼워진다.

그리고 씨스톤의 팔은 더욱 파괴력이 강해지고 방어력도 강해진다.

클리드가 가지고 있을 때는 아직 바닷물에 닿지 않아 재생이 되지 않았던 때다. 다만, 그게 펜릴에게 옮겨 오면서 재생을 할 필요가 없었다.

A라는 사람이 블랙 맨티스의 손톱을 가지고 있을 때, 사용을 하다가 부러졌다. 부득이하게 B라는 사람에게 그 손톱을 넘겼는 데, 그 손톱은 원상복구가 된 상태로 받게 된다.

이건 링커들 대부분이 알고 있는 사실이다.

펜릴이 그렇기 때문에 그 문제에 대해서는 전혀 고려하지 않았다.

키아아악-

라트라가 펜릴을 향해 괴성을 내지른다.

이명 현상이 또 지속 된다.

펜릴은 고개를 가볍게 옆으로 털어냈다.

라트라가 또 다시 몸을 크게 틀었다.

볼 것도 없이 펜릴은 곤조의 발목 힘을 이용해 위로 껑충 뛰었다. 그리고 보기 좋게 라트라의 꼬리를 피하고 그 위로 올라탔다.

라트라는 곧바로 펜릴을 잡기 위해 몸을 뒤집었다.

펜릴은 혹시나 하는 마음으로 라트라를 향해 주먹을 내질렀다.

퍼억!

키에에엑!

라트라가 거대한 충격을 받은 것 마냥 배배 꼬았다.

그럴 수밖에 없다. 펜릴의 주먹은 클리드 보다 더 강하다.

망령의 에너지 때문에 데미지가 더 깊게 들어가고, 주먹 하나하나가 더 예리할 수밖에 없다.

라트라의 갈비뼈가 부러졌다.

신선한 쾌감이다.

펜릴은 누군가를 주먹질로 패대기치거나 때린 적이 없다.

아니, 있긴 하겠지만 그건 죄다 기억도 나지 않을 정도로 어렸을 때다.

갈비뼈가 부러졌는데, 펜릴에게는 아무런 충격이나 그런 게 없다. 오히려 씨스톤의 팔에 놀라움을 금치 못할 뿐이다.

정말 라트라 입장에서 본다면 펜릴의 주먹은 작다, 너무도 작다. 그런 주먹을 맞고 갈비뼈가 부러진 다는 건 엄청난 타격감을 준다는 거다.

그 한 방으로 펜릴은 자신감을 얻었다.

'이길 수 있다.'

칼을 사용하는 것 보다 몸이 더 가벼운 것 같다.

망령의 에너지는 정말 최고의 시너지를 보일 수 있다.

펜릴은 계속해서 라트라를 타격했다.

머리가 위에 있기 때문에 그를 끌어 내리기 위해서는 아래서부터 타격을 해서 무너뜨린 뒤에 바닥으로 끌고 와야 한다.

그래야 펜릴에게 더 유리한 싸움을 할 수 있다.

라트라는 펜릴의 생각대로 얻어맞자 더 이상 서있을 수가 없었다.

그냥 바닥으로 넘어져 몸을 꿈틀 거렸다.

'놈을 끝장내기 위해서는 목을 치라 했지?'

펜릴은 어디 한 구석에 나뒹구는 마체테를 들었다.

클리드의 피를 잔뜩 먹은 마체테를 들어 라트라의 목에 가져다 댔다.

마체테가 붉게 물들자 펜릴은 지체 없이 라트라를 향해 들어갔다.

"끝이다."

그때, 펜릴의 눈과 라트라의 눈이 마주쳤다.

라트라는 입을 쩌억 벌렸다.

"이런!"

카아아아!

라트라의 입에서 생성된 에너지가 그대로 펜릴을 향해 쏘아졌다.

◆

펜릴은 반사적으로 양팔을 얼굴 가까이 가져가며 몸을 바짝 웅크렸다.

그건 본능이다.

얼굴을 보호하고 최대한의 피해를 줄이는.

심장에 있던 망령의 에너지는 순식간에 펜릴의 팔을 감쌌다.

누구나 비장의 수는 한 가지씩 가지고 있기 마련이다.

모든 걸 처음부터 다 보여주는 건 미련한 짓이다.

예측하지 못하고, 처음부터 모든 걸 보여주었던 펜릴이 잘못한 거다. 상대방이 무언가를 숨기고 있다는 걸 알아차렸다면 아무 말도 없이 끝장냈을 거다. 적 앞에서 만용을 부리지 말아야 한다.

여긴 숲이다.

숲에서는 누구나가 사냥꾼이 될 수 있고, 누구나가 사냥감이 될 수 있다. 자신의 처지가 어떤 위치에 있는지 그건 누구보다도 잘 아는 게 펜릴이었다.

조금 강해졌다고 생각해 생긴 그 틈.

그게 문제였을 뿐.

펜릴의 팔에서 폭사 된 힘도 라트라의 에너지와 부딪혔다.

콰아아앙!

펜릴은 중심을 잡지 못하고 뒤로 세 네발자국을 물러났다.

팔에서는 열기가 피어오른다.

하지만, 비늘에 덮여 있는 팔은 아무런 문제가 없다.

"하……."

펜릴은 깜짝 놀라서 자신의 팔을 바라보았다.

씨스톤의 팔이 펜릴을 지킨 게 아니다.

심장 속에 있던 망령의 힘이다.

씨스톤의 팔은 대부분의 물리 데미지를 지켜준다. 하지만, 이런 에너지는 물리 데미지와는 사뭇 다른 힘이다. 마수들 중에서도 영물 같은 라트라 같은 놈들은 속 안에 마나를 죄다 하나씩은 품고 있기 마련이다. 그 마나의 양은 아주 굉장하다.

이런 데미지에는 씨스톤의 팔도 취약할 수밖에 없다. 하지만, 멀쩡하다. 이건 망령의 에너지가 보호를 했다고 밖에 볼 수 없다.

펜릴은 잠시 얼떨떨한 표정이었다.

하지만, 다시는 실수하지 않았다.

떨어뜨린 마체테를 줍고 라트라의 목을 완전히 베었다.

라트라의 거대한 얼굴이 바닥에 나뒹굴었다.

"나와요."

펜릴의 말에 클리드가 높은 절벽 위에서 내려왔다.

팔이 없기 때문에 중심을 잘 못 잡는 건지 몸이 휘청휘청 인다.

"이제 어떻게 해요?"

"심장에 손상이 가지 않게 일단 가슴을 베어라. 심장에 손상이 가면 끝이다."

펜릴은 곧바로 곤조의 발목과 씨스톤의 팔을 해제했다.

팔에 마치 모래주머니라도 달고 있다가 푼 것 마냥 어깨가 굉장히 가벼워진 느낌이다.

펜릴은 마체테를 들고 양쪽 가슴을 옆으로 젖히고 그 가운데를 잘랐다. 피가 쏟아지는 와중에도 펜릴은 아무렇지 않게 갈비뼈까지도 완벽하게 잘라냈다.

동체가 워낙 큰 마수이다보니 심장의 크기도 굉장히 크다.

클리드는 어느새 펜릴이 들고 다니던 망을 들고 왔다.

펜릴은 심장의 주위를 완전히 제거하고 바깥으로 손으로 붙잡고 꺼냈다. 아직까지도 식지 않고 따뜻하다. 게다가 미약하게 뛰는 걸 보면 정말 마수의 생명력은 엄청나다.

"그 마수의 생명력 때문에 심장의 효과를 크게 볼 수 있을 거다."

펜릴은 망에다가 그 심장을 넣었다.

"줘봐요. 제가 멜 테니까."

팔도 없는 양반이 망을 메고 있는 모습이 애처롭다.

펜릴은 클리드에게서 망을 빼앗아 들었다.

"가죠."

라트라의 시체를 저렇게 내버려두고 간다는 게 참 쉽지 않다. 발걸음은 떼어지지 않는다. 저 뱀 가죽은 분명 엄청난 가격에 거래가 될 거다. 돈에 큰 욕심 없는 펜릴도 욕심이 생길 정도로 큰돈일 거다.

'저게 중요한 건 아니지.'

어차피 보기 좋은 떡일 뿐이다.

펜릴은 곤조의 발목만 각성시켰다. 뒤로 클리드도 랩터의 다리를 각성 시켰다.

심장을 얻었다고 모든 것이 해결 된 건 아니다.

펜릴은 전력질주를 했다. 클리드의 속도를 쫓아갈 수는 없지만, 클리드는 그 속도에 맞춰 주었다. 망령의 에너지까지 사용을 해도 도저히 랩터의 다리만큼은 쫓아갈 수가 없었다.

솔직히 말한다면 잔상이 보일 정도로 엄청난 빠른 속도다. 당연하다고 밖에 볼 수 없을 거다.

랩터와 인간의 무게는 열 배 이상 차이 난다. 그런 인간이 랩터의 다리를 장착했으니, 기존의 랩터들 보다도 더 빠른 건 당연한 일이다.

둘이 전력질주를 했으니 오두막까지 가는 건 일도 아니다.

둘은 오두막에 도착하자마자 망을 내려놓고 곧바로 준비를 했다.

"망을 내려놓고, 창고에 보면 이것과 비슷한 망들이 존재할 거다. 죄다 가져와라."

펜릴은 클리드의 말을 고분고분 따랐다.

그 소리에 에이미가 밖으로 나왔다. 에이미는 클리드의 횅한 양팔을 보고 어금니를 깨물었다.

'눈물 없이는 보기 힘든 광경이군.'

워낙 어릴 때 부모를 잃었더니 펜릴은 사실 부모에 대한 감정은 이미 다 씻은 뒤 오래였다. 하지만 에이미의 입장이라면 저렇게 참는 것도 쉽지 않을 것 같다.

"걱정 마라. 내 딸도 내가 내일이면 자아를 잃는 것도 알고 있다."

"누가 걱정했다는 거예요."

펜릴은 창고에서 죄다 망이란 망은 모두 가져왔다.

"이게 뭐예요?"

"라트라의 심장은 인간의 그릇으로 한꺼번에 담을 수 없다. 그래서 아주 소량씩 나눠야 된다."

대량의 약을 만들고, 그 약을 복용시키겠다는 말이다.

클리드는 양 팔이 없기 때문에 그 작업을 하나하나 모두 도왔다.

클리드는 졸음이 쏟아지는 지 고개를 계속 주억거렸다.

수업 시간에 책상 앞에 앉아 지루한 선생님의 수업을 들으며 조는 학생을 보는 것만 같다.

펜릴은 그러거나 말거나 시킨 대로 약을 만들었다.

"일어나 봐요."

확인 작업이 필요할 때는 펜릴이 옆구리를 툭툭 쳤다. 자극이 심하기 때문에 자려고 해도 일어날 수밖에 없다.

"아직 안 죽었다, 애송아."

"다 됐어요."

펜릴은 만들어 놓은 약을 통나무집으로 옮겨왔다.

"잠시 나가 있어라."

클리드의 얘기에 펜릴은 아무 소리 없이 바깥으로 쫓겨났다.

그리고 적당한 바위를 찾아 그 위에 엉덩이를 붙이고 앉았다.

클리드는 선택의 순간이 찾아왔다.

자아를 잃은 링커의 최후는, 이미 모두가 알고 있다.

그 마지막을 딸과 함께 보내고 싶은 마음은 간절하고 또 간절할 거다.

펜릴도 제법 지친 탓인지 밑으로 내려와서 그대로 바닥에 몸을 뉘었다.

머리 뒤로 팔짱을 낀 채 하늘을 바라보고 있으니 이것만한 여유도 없다.

코끝을 간질간질 거리는 바람도 그렇고 파란 하늘도 그렇고.

이 좋은 날 한 부녀의 운명은 뒤틀릴 수밖에 없다는 것이 안타까운 것뿐이다.

얼마 지나지 않아서 클리드는 집 밖으로 나왔다.

"끝났어요?"

펜릴의 질문에 클리드는 고개를 끄덕였다.

그리고 클리드는 한적한 곳으로 펜릴을 데리고 갔다.

바람도 괜찮게 불고, 양지도 제법 바른 곳이다.

클리드는 바위에 등을 기대고 앉았다.

"자 해봐라."

"뭘요?"

"네놈이 목숨을 걸고 나를 찾아온 이유. 내 딸에게 관심도 없는 데, 나를 적극적으로 도와 라트라를 죽인 이유. 귀한 아만다의 풀뿌리까지 내놓았던 이유. 백작의 기사들에게 대항하면서까지 내 딸을 도와줬던 그 이유 말이다."

펜릴은 머리를 긁적였다.

막상 판을 깔아 주고 보니까 조금 말을 하기가 어색하다.

'그래도 할 건 해야지.'

마음을 다잡고 입을 열었다.

"사람을 찾고 있습니다."

클리드는 피식 웃었다.

"씨스톤의 팔이나, 랩터의 다리도 아니고, 트론의 날개도 아닌 고작 사람을 찾기 위해서라고?"

"정신 나간 것 같겠지만, 사실인데요."

"무려 수명을 십 년 이상 확장시켜줄 수 있는 라트라의 심장에 욕심도 없고? 그것보다도 더한 거라 이거냐?"

"솔직히 그 심장을 봤을 때 조금 욕심이 생겨서 가지고 튈 까도 생각했는데, 그 심장 그대로 먹는 것도 아니고 어차피 제조법은 봐야 될 거 아닙니까. 한 번 만들어봤으니 그런 기회가 다시 생긴다면 가지고 도망 갈 겁니다."

펜릴의 얘기에 클리드가 껄껄껄 웃었다. 그러다가 진지한 표정으로 펜릴에게 물었다.

"그래서 그 귀한 놈이 누군데?"

"3년 전에 아마 노친네를 찾아 왔을 겁니다. 라크와 티라라고."

그 이름이 나오자 클리드가 웃었다.

"하하핫! 애송이, 설마 네놈이 라크가 몇 달 데리고 있던 그 꼬마였었냐?"

"절 알아요?"

"그럼 네놈 이름이 펜릴이겠군."

펜릴은 고개를 끄덕였다.

그러고 보니 빌어먹게도 저 노인네와 통성명을 해본 적도 없었다. 그냥 노예처럼 줄줄 따라다녔지.

"지금 보다 에이미의 병이 심각하지 않을 때, 제국은 물론 대륙 곳곳을 횡단한 적이 있다. 라크와 그놈 딸내미가 날 찾겠다고 꽁지 빠지게 따라다녔지. 뭐, 결과적으로 이곳에서 다시 만났지만. 그놈들이 네 얘기를 제법 했었다. 그래서 알고 있는 것뿐이다."

펜릴은 묘한 기분이 들었다.

자기도 모르는 사이에 남들이 자기 얘기를 하게 되고, 그 얘기를 다시 자신이 들었을 때.

"뭐라고 했는데요?"

"약해 빠진 애송이. 남자도 아니면서 남자인 척 하는 놈. 아직 남자가 덜 되긴 했군."

펜릴은 잔뜩 실망한 표정을 지었다.

"라크는 모르겠지만, 그놈 딸내미인 티라는 하루 빨리 집으로 되돌아가고 싶다고 말했다. 기다리는 녀석이 있다고 말이다. 뭐, 네놈이 여기까지 찾아온 걸 보면 티라가 집에 찾아가진 못한 것 같군."

펜릴은 작게 고개를 끄덕였다.

그녀가 찾아오지 않았기 때문에 펜릴이 이곳까지 오게 된 거다.

"근데 아쉬워서 어쩌느냐? 난 그 놈들의 행방에 대해서 전혀 아는 바가 없다."

펜릴은 인상을 잔뜩 찡그렸다.

목숨까지 걸어가면서 도운 일이 허투루 된 것처럼 여겨지기 때문이다.

울컥, 화가 치밀어 오르지만 펜릴은 그냥 한 숨을 내쉬었다.

"행방을 모른다고 했지. 전혀 추측을 하지 못하는 것도 아니다."

펜릴의 표정이 조금 밝아졌다.

'으…….'

한 마디 한 마디에 일희일비 하는 게 좋지는 않아 보인다.

"그, 그래서 노친네 생각은 어떤데요?"

"라크는 불사의 초 때문에 왔었다. 그리고 그놈이 알고 있던 정보와 내가 알고 있던 정보를 바꿨다. 뭐, 내가 손해 보는 장사였지만."

"왜요?"

"난 20년 가까이 불사의 초에 대한 연구를 계속 했었다. 3년 전 여행을 끝내고 집으로 되돌아와서 자료들을 정리했을 때, 한 가지 결과에 도출할 수 있었다."

"뭔데요?"

"불사의 초는 한 가지 물건이 아니다. 여러 가지 물건이 섞여야 그 결과에 도출할 수 있다는 거다."

펜릴은 클리드의 말을 듣고 곰곰이 생각해봤다.

생각해보면 간단한 거지만, 딱히 그런 생각을 해본 적은 없었다. 불사의 초는, 그냥 불사의 초. 단일 된 거라고 생각했을 뿐.

그냥 정말 약초의 모양은 아닐 수도 있다고 생각했다.

"그 말을 듣고 라크와 티라는 이 오두막을 곧바로 떠났다. 내 생각에는 4가지, 혹은 5가지 정도를 모아야 아마 불사의 초의 효능을 볼 수 있을 거다."

클리드는 다시 천천히 입을 열었다.

"이곳엔 없고, 제도에 가면 내가 연구를 하던 곳이 있다. 이곳에 자리를 잡기 전 까지는 그래도 거기에 가서 여행을 끝내고 오면 자료들을 정리해 놨다. 내 품속을 뒤져 봐라."

펜릴은 자리에서 일어나 클리드의 주머니를 뒤적였다. 그리고 열쇠 하나를 꺼냈다.

"열쇠에 자세히 보면 주소도 적혀 있을 거다. 일단 그곳에 찾아가보는 게 좋을 거다. 라크와 티라도 그 열쇠를 가지고 있었으니 그곳에서 흔적을 찾을 수도 있겠지."

펜릴은 곰곰이 생각을 하다가 클리드를 향해 물었다.

"고마워요. 근데, 노친네는 왜 여기 계속 있었던 거예요? 같이 찾으러 안 가고."

"내 딸이 오래 살지 못할 거라는 얘기를 듣고 링커가 되었고, 불사의 초에 대한 연구를 했는데 내 딸이 독이 심해졌다. 그런데, 어떻게 내가 한가하게 대륙을 떠돌아다니겠느냐?"

펜릴은 고개를 끄덕였다.

참으로 놀라운 인간이다. 라트라의 심장을 에이미가 아닌, 그가 먹었다면 어떻게 되었을까?

적어도 잠식을 뒤로 미룰 수 있지 않았을까.

뭐, 이제와서는 전부가 의미 없는 일일 뿐이다.

딸을 위해서 잘 알지도 못하는 펜릴에게 팔까지 떼어줄 정도의 인간이 아니었던가.

클리드는 편안한 표정으로 눈을 살짝 감았다.

"이제 내가 아는 것은 다 말했다. 자, 그럼. 네놈에게 한 가지 부탁이 있다."

"말 안 해도 알아요."

펜릴은 자리에서 일어났다.

부모를 잃고, 영감에게 끌려가 사냥꾼이 되었을 때.

펜릴은 정말 아무것도 몰랐다.

영감이 자살을 하고, 라크가 데리고 가 티라와 살 때 까지만 해도 펜릴은 정말 아무 것도 몰랐다.

그런데 그가 링커가 되고 나이를 먹고 링커들과 부딪히고 나니 이제는 제법 알 것도 같다.

영감은 자살했었다.

자아를 잃는 것이 너무도 싫었기 때문이다.

그리고 자아를 잃은 링커는 사람이 아닌, 마수일 뿐이다.

그가 자아를 잃고 나면 어떻게 될까.

시간이 지나면 자신의 딸도 알아보지 못할 꺼다.

이 주위를 쑥대밭으로 만들게 될 거다.

펜릴은 마체테를 꺼냈다.

그리고 망령의 에너지까지 담았다.

마체테에 붉은 빛이 감싸기 시작하더니 날카로운 예기를 발산했다.

"네놈에게는 이 순간이 오지 않기를 바라겠다만. 먼저 가서 기다리마."

펜릴은 클리드의 농담에 씁쓸한 미소를 지었다.

"마지막으로 하고 싶은 말 있어요?"

"날개나 다리가 탐이 나겠지만, 그냥 내버려둬라. 지금 네가 이걸 가지려 들면 마수들은 결코 네놈의 몸을 가만히 내버려두지 않을 거다. 관심도 두지 마라. 신경도 꺼라."

펜릴은 고개를 끄덕였다.

씨스톤의 팔 까지 가졌는데 랩터의 다리까지.

욕심이라면 욕심이다.

분명히 관심이 가는 건 사실이지만, 욕심이 계속 되면 펜릴은 10년, 20년 뒤가 아니라 당장 몇 년 뒤에 클리드와 같은 처지가 될 거다.

"마지막으로. 에이미에게 미안하다고 전해줘라."

"그 정도야……."

클리드는 피식 웃었다.

눈을 감은 그는 마치 마지막으로 바람을 느끼는 것 같았
다.

펜릴도 그가 마지막을 만끽하기를 기다렸다.

"때가 되었다."

클리드의 말에 펜릴은 마체테를 휘둘렀다.

monster link

몬스터 링크

슈마이켈의 대장간

슈마이켈의 대장간
monster link

펜릴은 오두막을 떠났다.

클리드의 딸인 에이미는 펜릴을 향해 어떠한 원망의 눈빛도 없었다. 오히려 편안한 표정이다.

펜릴은 그녀의 아버지를 죽였다. 물론, 클리드가 원하는 일이긴 했어도 찜찜한 건 사실이다. 하지만, 그녀는 그걸 원망하는 것 같지는 않았다.

그녀도 링커와 자랐다. 링커의 손에서 길러졌고, 링커의 딸이기도 하다. 링커가 어떤 삶을 살아야 했는지, 어떤 삶을 살고 있었던 지 바로 옆에서 지켜본 그녀라면 분명히 담담하게 이 사실을 알고 있었을 거다.

펜릴은 그녀에게 마지막 사실을 말하고, 그 위치를 알려

주었다. 펜릴은 정성스럽게 땅에 묻어 줬다.

"행운이 있기를 바랄게요."

그녀는 앞으로 이 험난한 세상을 혼자 살아가야 한다.

사실, 그녀가 걱정된다고 말하는 건 당연하다.

그래서 펜릴의 발걸음은 시원스럽지 못했다.

클리드가 죽은 걸 알게 된다면, 데이비드 백작은 그녀를 어떻게 할까.

이곳에 사는 마수들은?

펜릴은 피식 웃었다.

쓸데없는 걱정이다.

그건 펜릴이 걱정할 게 아니라, 그녀 스스로가 감당해야 할 걱정이다.

어느 누구나 언젠가는 혼자가 된다. 그 시기가 누군가에게는 빨리 찾아오거나 혹은 늦게 찾아오거나. 시기의 차이만 있을 뿐이다.

펜릴은 클리드의 시체가 묻혔던 곳을 힐끔 쳐다봤다.

고통은 없었을 거다.

잠식에 대한 고통, 매일 밤 시달리지 않아도 된다는 고통.

그것으로 부터의 해방.

링커들의 삶에 있어서 죽음은 휴식일 뿐이다.

살아생전 쉬지 못했던 것을 쉬는 것 뿐.

펜릴은 무거운 발걸음으로 제국의 심장부를 향해 발걸음을 옮겼다.

◆

제도(帝都).

황제가 사는 도시.

제국의 심장부.

대륙에서 유일하게 제국이라 불릴 수 있는 나라는 단 하나.

소피아 제국뿐이다.

대륙의 4할을 지배하고 있으며 대륙의 유행은 모두 이 제도에서 만들어 진다.

옷이나, 악세사리 등이 이곳에서 인기를 끌면 몇 달 뒤에는 변방에 있는 소국(小國)에게 까지 퍼져 나간다.

제도에 거주하거나, 혹은 그 근방에 영지를 가지고 있는 귀족들은 소국의 왕들보다도 권력이 강하다.

펜릴은 제도로 향하며 설렘과 긴장이 공존했다.

사실 펜릴은 제국인이라고 하기도 그렇고 아니라고 하기도 그런 입장이다. 남부의 국경 지대 근처에서 자랐기 때문이다. 제국의 영향을 받았기 때문에 그곳은 제국의 언어를 사용했고, 펜릴도 당연히 제국의 언어를 쓴다.

제국과 가까운 나라들은 대부분이 제국의 영향을 받았고, 혹은 지금도 받고 있다. 고유의 언어를 사용하는 나라들은 제국과 거리가 멀거나 이민족들 같이 자신들의 부족을 이룬 세력들뿐이다.

펜릴은 어려서부터 제도의 높은 건물이나, 이상적인 삶에 대한 이야기들을 충분히 들어왔다. 그것 때문에 생긴 환상은 당연히 지울 수가 없다.

무엇보다 데이비드 백작 영지만 해도 충분히 감탄을 자아낼만한 엄청난 도시였다.

'당연히 그것보다도 더 크겠지.'

펜릴의 발걸음은 가벼워졌다.

제도에 대한 기대가 부풀어 올랐다.

데이비드 백작 영지가 워낙 제도와 가깝기 때문에 펜릴은 느긋하게 발걸음을 했다. 망령의 에너지나 곤조의 발목을 사용한다면 더욱 빠르게 이동하는 건 당연하지만, 이곳에서 주목받고 싶은 생각은 전혀 없었다.

제도 근처이니 만큼 산이 많지 않고, 대부분 산들을 깎아 영지나 영토로 만들었기 때문에 사람들이 전부 걸어 다니거나 마차가 다니는 길들이다.

대부분이 그냥 걸어 다니는 데 이곳에서는 뛰기만 해도 사람들이 죄다 쳐다볼 것 같다.

차라리 이게 나았다.

곤조의 발목은 그렇다 치더라도 망령의 에너지는 조금 조심해서 사용할 필요가 있다. 이미 망령은 라트라의 꼬리 공격을 받아내고 소멸해 버리지 않았나. 물론, 시간이 지나면서 다시 생성되었지만 완전한 생성이 아니다. 시간이 지나며 천천히 회복을 하고 있는 과정이라고 보면 된다.

게다가 씨스톤의 팔은 아직까지 펜릴에게 부작용을 일으킨 건 아니다. 하지만, 계속 사용하다가는 부작용이 분명히 일어날 거다.

'당분간 각성은 자제해야겠어.'

팔 전체에 각성을 한 경우는 이번이 처음이다. 손등이 아니라 팔이 아직은 씨스톤의 팔에 적응할 필요가 있다.

물론, 그 시기는 펜릴이 생각할 때 상당한 시간이 걸릴 거다.

최상급의 마수다. 이런 마수를 과정도 거치지 않고 달았다.

보통, 몬스터로 시작을 하거나 하급 마수부터 시작을 하여 단계 별로 올라가 최상급까지 단다. 그 과정은 10년이 넘는다.

펜릴은 그 과정을 뛰어 넘었다. 링커들의 세계에 패널티가 생기는 건 아주 당연한 일.

펜릴이 해야 할 역할은 이미 최상급 마수를 달았으니, 그 패널티를 최소화 시키는 거다.

그리고 클리드가 했던 말처럼 일단 바닷물을 구해 와야 할 것 같다.

다른 마수들은 시간이 지나면 알아서 회복이 되지만, 씨스톤의 팔은 오로지 바닷물로만 회복이 된다. 그게 단점이기도 하지만, 회복 속도가 빠르고 팔 뿐만 아니라 몸 전체에 영향을 받는 것이 장점이다.

좋은 선물을 받았다. 클리드에게.

물론, 어쩔 수 없는 선택이었지만 받고 나니 후회는 없다.

그때, 펜릴의 옆으로 다리를 쩌억 벌리고 뒤뚱뒤뚱 걸어가는 한 남자가 보였다.

나이는 펜릴과 비슷해 보일까.

표정도 그렇고 행동도 굉장히 거만하기 짝이 없다.

펜릴은 피식 웃었다.

이곳은 제도 근처다. 제도는 전부 부자들이 아니면 살기 어렵다고 들었다. 돈이 많으면 거만한 자들이 특히나 많다. 눈 뜨면 코가 베인다고, 사람들은 제도에 대해 굉장히 발달한 문명이라 칭찬하지만 그만큼 인심은 찾아보기 어렵다고 꼬집어 말한다.

펜릴의 표정을 본 건지, 혹은 작은 그 웃음소리도 들었는지 몰라도 청년은 걸음을 멈추더니 펜릴을 뒤돌아봤다.

"뭐야, 너? 내가 우스워?"

아무리 웃음소리가 커도 이런 식으로 말을 걸 줄은 몰랐다.

"아뇨!"

펜릴의 단호한 말에 남자는 웃었다.

"하하핫! 뭐야? 싱겁게. 다음부터는 조심해!"

남자는 남들 보라는 식으로 크게 웃고는, 아주 크게 펜릴에게 들릴 정도로 말을 했다.

아예 공개망신을 시키려는 의도였다.

지나가는 사람들은 힐끔 한 번 쳐다보고는 자기와는 아무 상관없다는 듯 길을 지나쳐갔다.

"별 이상한 놈을 다 보겠군."

펜릴은 한쪽 눈만 인상을 살짝 찡그렸다.

그가 꼬리를 내린 이유는 제도 근처이기도 하고, 유독 나이 좀 많은 제국인들은 링커들을 험하게 보는 경우가 있었다. 더군다나 펜릴은 지금 가지고 있는 무기라고는 마체테 한 자루에 활 뿐이다.

이곳에서 굳이 모르는 사람과 시비가 붙어서 싸울 필요는 없었다.

'뭐, 그놈이 링커이기도 했고.'

자세히 보지 않으면 잘 모른다. 그런데 그렇게 이상한 자세로 걸어가는 데 이목을 집중시키는 건 당연하다. 펜릴은 그의 양쪽 팔에서 각인의 문신을 봤다.

문신만 보고서는 정확히 그가 링커인지 아닌지 판단을
할 순 없지만, 펜릴에게는 링커가 있다.

잘려나간 영혼의 절반.

그는 링커다.

물론, 그가 펜릴을 링커라고 생각해서 그쯤 하고 관뒀을
거라고 생각하지 않는다.

그냥 그는 자기에게 집중되는 이목 중에서도 비웃는 걸
싫어하는 것뿐이다.

펜릴은 잠시 후, 그는 완전히 잊고 멀리서부터 보이는
견고한 제도의 벽에 감탄을 했다.

"높다!"

정말 저게 성벽이 맞나.

성벽이 하늘 높은 줄 모르고 솟아 있는 것은 물론이고,
성벽을 따라 걸으면 그 끝이 보이지 않을 것만 같다.

제도의 성벽은 사실 50년이 넘는 기간 동안 인간들의
손에 지어졌다. 동서남북, 총 4개의 문이 존재하고 평민들
이 이용할 수 있는 문은 남문과 북문 두 개 뿐이다. 동문과
서문은 군인들이나 황실, 혹은 황제의 명을 받은 전령들이
사용한다.

동문에서 출발하여 동문까지 돌아오려면 일주일이 넘게
걸린다는 말에 펜릴은 손사래를 쳤다. 과장되기는 했어도
틀린 말은 아니다.

실제로 인간이 하루에 10시간씩, 칠일을 걸어 다시 동문으로 되돌아왔다는 말이 있으니까.

웬만한 영지 하나를 성벽으로 두른 거라고 생각하면 이해하기가 쉽다.

펜릴은 4개의 문중에서도 북문에 도착했다.

워낙 오고가는 사람이 많다보니 펜릴은 한 참을 기다리고 나서야 안으로 들어갈 수 있었다.

일단 클리드가 남긴 열쇠로 그의 집을 찾아갈 게 아니라, 일단 펜릴은 무기부터 구입해야 했다.

이참에 마체테와 활, 화살을 모조리 갈아버릴 작정이었다.

마체테는 두 자루가 길이가 다르면 소용이 없다. 대장간마다 마체테를 만드는 규격이 있으니 이 마체테를 이제 소용이 없다.

제도가 워낙 크다보니 펜릴은 대장간을 하나 찾아가는 것도 쉽지 않았다. 더군다나 대장간도 무기를 만들거나, 농기구를 따로 만드는 대장간이 있을 정도다.

펜릴은 적당히 길을 걷다가 도저히 찾을 수가 없어서 길을 지나는 사람에게 물었다.

"이보쇼. 대체 무기를 파는 대장간에 가려면 어떻게 가야 하는 거요?"

"근처에 마차 정류장이 있소. 그곳에서 17번 마차를 타시오."

"17번 마차?"

펜릴은 고개를 갸웃했다.

지나가던 그 사람은 펜릴의 행색을 보고 피식 웃었다.

"제도에 오늘 처음 오신 모양이군. 제도는 워낙 넓기 때문에 일일이 걸어 다니지 않소. 당신같이 평민들이 이용할 수 있는 마차 정류장이 있소. 정류장에 가면 시간 대 별로 나뉘어져 있으니 가서 확인해 보슈."

"아, 알겠소."

펜릴은 떨떠름한 표정으로 일단 고개를 끄덕였다.

그 남자 말대로 근처에서 마차 정류장을 찾았다. 지붕이 있는 작은 벤치였다. 찾는 게 그렇게 어렵지는 않았다. 펜릴은 그 벤치에 앉아 지나가는 마차들을 바라보았다. 마차들은 10인승 정도 할 수 있을 정도로 컸는데, 문이 하나가 아니라 양쪽에 총 4개가 설치되어 있었다.

그 문을 통해서 어디서든 탈 수 있고 또 내릴 수도 있다.

그 벤치에 앉아 있자 지나가는 마차들마다 죄다 펜릴에게 탑승할 생각이 있냐고 물어봤다. 펜릴은 무기 대장간을 찾아간다고 하니 죄다 17번 마차를 타라고 이야기를 해주었다.

벤치 근처에 보면 이곳을 지나가는 마차들의 번호가 새겨져 있고, 그 마차가 움직이는 경로가 보인다.

이 정류장의 이름은 칼빈.

무기 대장간이 있는 곳 까지는 5정류장을 더 움직여야
한다.

참으로 신기하기 짝이 없다.

제도가 단순히 크고 아름다운 건물들, 높은 성벽만 있는
거라고 생각했다. 그런데 지금껏 살던 곳과는 차원이 다르
지 않은 가.

정류장을 만들고 그 정류장마다 움직이는 마차가 있다
고는 들어본 적도 없었다.

게다가 마차가 다니는 길과 사람들이 다니는 길이 나누
어져 있고 곳곳에서 나던 인간들이나 동물들의 분 냄새는
전혀 나지 않았다.

펜릴에게는 모든 것이 그냥 신세계 같았다.

잠시 후, 17번 마차를 타자 요금을 받는다. 펜릴은 주섬
주섬 주머니에서 동전을 꺼내 건네줬다.

마차에 대충 앉아 있자 마차가 지나갈 때 마다, 정류장
에서 사람들이 타거나 내린다.

길은 매끄럽게 닦여 있고 마차들은 인간들이 길을 지나
갈 때 마다 서서 기다린다. 귀족들이라면 그냥 지나가는
사람들을 모두 무시하고 지나갔던 것들과는 다르다. 이곳
이 바로 제도의 법이고, 법칙이다.

황제의 마차가 아닌 이상에야 제도가 정한 법과 룰을 어
길 수는 없는 노릇.

그건 귀족들이라고 해도 마찬가지다.

시골은 띄엄띄엄 집들이 존재하지만, 제도는 다르다. 집, 바로 옆에 또 집. 집과 집이 마치 연결이라도 돼있는 것처럼 가깝게 붙어있다.

워낙 제도에 사람이 많다보니 땅을 넓게 가지고 살지 못하는 거다.

그건 조금 숨이 막히는 일이겠지만, 펜릴에게는 모든 것이 신기했다.

가게들은 죄다 제국문자로 쓰인 간판들이 보였다. 간판들에는 이름도 있다.

'이곳에서는 문자를 볼 줄 모르면 살기 힘들겠군.'

대부분의 사람은 문자를 읽을 줄 모른다. 시골이라면 특히 그런다. 문자를 배우는 펜릴이 이상하게 여겨질 정도다. 펜릴도 딱히 문자를 몰라도 불편은 없었다. 그런데 제도에서 만큼은 아닐 것 같다. 어디를 봐도 문자가 보인다. 정말 이곳에서는 문자를 모르면 까막눈이 되는 거다.

"다 왔소."

펜릴은 마부의 말에 창문으로 고개를 내밀며 바깥을 쳐다보았다.

지금까지와는 다른, 거대한 무기 대장간이 모습을 드러냈다.

슈마이켈의 무기 대장간.

제도의 사람들은 그저 슈마이켈의 대장간이라고 부른다.

제도 내에 존재하는 대장간들은 생산 품목이 정해져있다.

어느 대장간은 농기구, 어느 대장간은 무기.

둘 다 철을 다루지만, 분명히 다르다. 대장장이들 사이에서는 농기구 만드는 걸 좋아하는 자들이 있는 가하면 자신의 손으로 명검이 만들어지길 바라는 자들도 있다.

대부분의 대장장이들은 자기 손에서 명검이 나오길 기대한다.

유명한 명검 뒤에는 항상 따라 나오는 것이, 대체 그 명검을 누가 만들었는가? 라는 의문이다.

그 의문은 대장장이로써의 자부심을 만든다.

그래서 대장장이들은, 특히나 이름난 대장장이들은 자신이 만들어 놓은 무기에 이름을 새긴다.

그리고 그건 하나의 '브랜드'를 완성시킨다.

제도 내에서, 아니 제국 내에서 이 브랜드를 완성시켰다고 볼 수 있는 인물이라 하면 당장 떠오르는 이름의 1순위는 슈마이켈이다.

슈마이켈은 단호히 어릴 때부터 '내가 왜 농기구나 만들어야 하는가?'라며 역정을 내고, 오로지 무기에만 매달린 대장장이다.

그런 장인의 열정은 기술을 낳았고, 기술은 명성을 얻어다 주었다.

슈마이켈의 대장간은 제도 내에서 가장 큰 대장간이다. 제도 뿐만 아니라 이 대륙에서 슈마이켈의 대장간에 비견할 대장간은 몇 개 되지 않는다. 특히 대장간의 주인 슈마이켈은 자신의 검에 이름을 새기는 대장장이다. 하나의 브랜드화가 되어, 지금은 죄다 귀족들은 슈마이켈의 검을 들고 다니기 일쑤다.

검을 보면 화려한 모습은 없다.

단순한 검이다.

그런데 슈마이켈이 만들었다는 이유로 가격이 솟아오른다.

하지만, 그가 만든 검은 확실히 '무언가' 다르다.

예기가 날카롭고, 검이 가벼우며 손에 달라붙는다.

그럴 수밖에 없다. 그립을 만들 때, 주문을 하는 제작자의 손 모양과 크기를 석고로 만들어 그 검의 주인이 아니면 사용하기가 굉장히 까다롭다.

제국은 물론, 대륙에 존재하는 대장장이들은 슈마이켈의 지도를 받고자 모두 이곳을 찾는다. 뿐만 아니라 견학

하는 자들까지 몰려들어 워낙 많은 사람들이 찾아와 이제는 마차의 정류장까지 생겼을 정도다.

슈마이켈이 만들었던 무기들을 전시하는 박물관까지도 이곳에 위치해있다.

실제로 제국은 물론, 대륙에 떠도는 명검 중 절반 이상은 슈마이켈이 만들었다는 소문까지 존재한다.

펜릴은 인파를 뚫고 입구를 찾는 데 까지만 해도 상당한 시간이 소요되었다.

기존에 대장장이 하나, 혹은 두세 명 정도가 대장간을 운영하는 것과는 달리 슈마이켈의 대장간은 대장장이들만 수십 명이 존재했다.

그들 전부가 슈마이켈의 제자라 스스로를 칭했다.

틀린 말도 아니었다.

제자가 아니라면 이곳에서 장사를 할 수도 없다.

그들은 슈마이켈에게 엄청난 돈을 내거나 혹은 그에 걸맞은 재능을 인정받아 이곳에 와있다. 슈마이켈의 가르침을 받고 또 수업을 듣는다. 그 과정을 몇 년, 10년, 20년 이상 경력이 쌓이며 슈마이켈에게 직접 인정을 받는다면 제자가 된다.

1층은 그런 제자들이 만든 대장간이라고 생각하면 된다.

슈마이켈이 아니라, 그의 제자라고 해도 가격에 '프리

미엄'이 붙기 마련이다. 게다가 제도는 물가가 비싸다. 이것저것 가격만 봐도 다른 곳 보다 두 배, 세 배 이상은 물론 열 배 이상의 가격을 하는 무기들도 여럿 했다.

펜릴은 롱소드를 한 번 들어봤다.

그랬더니 30대 남자가 잽싸게 말을 건다.

"손님! 그건 철 중에서도 철, 주철입니다. 강력한 불로 녹여 쇳물로⋯⋯."

"⋯⋯."

펜릴은 검을 휙휙 휘둘러봤다.

그가 슈마이켈의 제자라고 해도 펜릴에게 큰 관심사는 아니다. 펜릴은 슈마이켈이 누군지도 모른다. 그냥, 큰 대장간이고 이 사람은 대장장이구나 싶을 뿐이다.

주철도 당연히 뭔지 모른다. 대장장이가 아닌 이상에야, 혹은 검에 큰 관심이 있는 사람이 아닌 이상에야 알 리가 없다.

펜릴의 머릿속에는 철은 철이고, 주철도 철이다.

제일 중요한 건 손에 맞나, 안 맞나 이거다.

펜릴은 검을 잘 사용하지 않는다. 그는 사냥꾼이다. 슈마이켈도 그렇고 그의 제자들도 그렇고 상대하는 고객들은 전부 기사들이나 혹은 잘 나가는 용병들, 브랜드를 자랑하고 싶은 일부 철없는 꼬마 귀족들이나 황족, 왕족, 귀족들 정도다.

펜릴이 검을 휘두르자 옆에 있는 손님이 맞기라도 할까,

노심초사한 표정으로 대장장이가 어쩔 줄 몰라 한다. 펜릴은 기침을 하고 검을 슬쩍 내려놨다.

펜릴은 마체테와 비슷한 검이라도 있을 까 여기저기 둘러봤다.

'검은숲에서 사용했던 도(刀) 같은 물건이면 좋은데.'

마체테도 그렇고 도(刀)도 그렇고 끝이 뭉툭하다.

다만, 도는 사람을 상대로 마체테는 짐승이나 수풀을 베기 위해 만든 용도라 그 예기가 다를 뿐이다.

찾아보면 도라는 무기가 없지는 않지만 그렇다고 만족스러운 게 있는 것도 아니다.

이곳에 마체테를 파는 대장장이는 없다.

마체테를 무기라고 생각하는 대장장이도 없다.

그냥 짐승을 상대로 마체테를 사용하는 사람들은 결국 사냥꾼. 그들은 이곳에 올 리도 없고 올 수도 없다. 제도 근처에는 사냥꾼들이 활동할만한 사냥터도 없다. 있다면, 황실의 것이다.

그래서 제도에는 사냥꾼이라는 직업 자체를 볼 수가 없다.

'음…….'

처음 오는 사람이라면 정말 좋은 구경거리가 될 수는 있을 것 같다. 실제로 1층 전부를 마치 상점처럼 죄다 질 좋은 무기들을 진열한 곳은 찾아보기가 어려우니까,

다만, 가격이 제법 비싸다.

제법 좋은 무기다 싶은 것들은 10만 실링이 그냥 넘어간다.

그냥 평소에 사용할 수 있는 마체테나 두 자루 정도 구입할까 싶었던 펜릴로써는 조금 낭패이기도 하다.

펜릴은 어차피 구경하는 김에 활도 찾아봤다.

이곳은 활도 비싸다. 활을 찾는 사람이 워낙 적기 때문에 수량도 적다.

눈길을 끌었던 건 복합궁.

원래 활이란 건 사실 두 가지로 분류된다.

장궁이냐, 단궁이냐.

각각 장단점이 나뉘어져 있다.

장궁은 크기가 크고 무겁지만, 사정거리와 파괴력이 남다르다.

단궁은 작고 들고 다니기 편하지만 그만큼 사정거리와 파괴력이 장궁에 비할 바가 되지는 못한다.

최근에 그래도 활 좀 쏜다 싶은 사람들한테 인기를 끌고 있는 건 복합궁.

이 두 가지의 장점을 그대로 가져온 활이다.

단궁처럼 작고 가벼우면서, 장궁만큼이나 파괴력과 사장거리가 훌륭하다.

물론, 가격이 굉장히 비싸고 근력이 뒷받침 되지 않는다면 그 장점들을 마음껏 이용하기는 어렵다. 씨스톤의 팔 때문에 근력 운동을 해야 하는 펜릴 입장으로써는 복합궁만한 것도 없다.

저 활을 사용하는 것만으로도 자연스럽게 근력이 붙을 거다.

'틀렸어, 너무 비싸.'

펜릴은 복합궁도 자리에 돌려놨다.

대장장이도 실망하는 눈치는 아니다.

이미 펜릴의 복장만 보고도 그가 돈이 없어 보이는 사냥꾼으로 보이는 건 당연했다.

펜릴은 머쓱한 표정으로 그곳에서 벗어났다. 1층을 전부 돌아보니 한쪽 끝에 2층으로 올라가는 계단이 보인다.

그러고 보니 2층에는 뭐가 있을까 궁금하다. 어차피 살 것도 아니고 구경만 할 거라면 2층에도 무언가 팔지 않을까 싶다.

펜릴이 계단을 딱 밟는 순간 등 뒤에서 목소리가 들려왔다.

"올라가지 않는 게 좋을 걸요."

펜릴은 고개만 뒤로 돌렸다.

청색 멜빵바지가 어울리는 소녀다.

얼굴은 10대 후반쯤 됐을까.

머리는 양 갈래로 묶었고 눈은 동그란 게 귀엽게 생겼지만, 얼굴 곳곳에 묻은 그을림 때문에 제대로 생긴 걸 볼 수가 없다.

"뭐 때문에요."

"2층부터는 영감, 개인연구실이거든요. 뭐, 개인연구실이라고 해도 특별한 건 없지만. 하지만, 자기가 없을 때 누군가 이곳에 올라가는 걸 좋아하지 않죠. 의뢰도 하루에 받는 시간이 따로 정해져 있거든요."

펜릴은 입을 삐쭉 내밀고 올라갔던 계단을 내려왔다.

그러고 보니 소녀도 대장장이다.

펜릴은 그녀가 만들어 놓은 무기들을 바라보았다.

무기도 있고, 신기한 건 농기구도 있다는 거다.

다른 곳에 비하면 가격이 정말 싸다. 제도의 다른 대장간보다도 쌀 것이다.

사냥꾼이라고 마체테에 활이나 화살만 필요한 건 아니다.

삽도 필요하고, 망치도 필요하고 여러 가지 도구들을 많이 쓴다.

'제법인데.'

펜릴이 대장장이가 아닌 지라 물건의 좋고 나쁨을 따질수 있는 수준은 아니다. 하지만, 삽이나 농기구들은 그래도 기존에 보아오던 것들과는 다르다는 것을 알 수 있다.

이곳 1층에서는 이 소녀가 가장 어리다. 어리지만, 인정을 받기 때문에 이곳에 있는 거다.

펜릴은 무기에서 그녀의 이름이 쓰인 것을 보고, 이름을 알 수 있었다.

'노아(Noah).'

이곳에서 파는 무기들은 죄다 검면에 대장장이의 이름이 적혀 있었다.

펜릴이 이것저것을 구경하는 데, 노아가 질문을 해온다.

"영감한테 뭐, 부탁할 거 있어요?"

"그냥 무기를 찾고 있는 데 없어서요."

"뭔데요?"

"마체테요."

"마체테?"

대장장이답게 쉽게 머릿속에서 모양을 그려낸다. 그런데 눈을 굴리는 걸 보면 다소 시간은 걸렸다.

펜릴의 행색을 보더니 다시 묻는다.

"사냥꾼?"

펜릴이 고개를 살짝 끄덕였다.

"의뢰를 부탁해도 아마 들어주지 않을 거예요."

"왜요?"

"영감은 자기가 인정한 사람 외에는 무기를 만들지 않거든요."

펜릴은 뺨을 긁적였다.

무기 하나 만드는 데, 인정까지 받아야 하나 싶다.

"뭐, 인정이라고 해도 별 다를 게 없어요. 돈만 많으면
되거든요. 그렇지 않다면 귀족들이 하나씩 가지고 다닐 수
야 없겠죠. 철 없는 귀족들 어디 한 두 명 보는 것도 아니
고……."

펜릴은 피식 웃었다.

소녀가 꽤나 당돌하다.

그녀는 펜릴의 행색만 보고 동질감을 느꼈다.

그래서 그런 이야기까지 털어놓는 거다. 귀족을 욕하다
니. 펜릴이 귀족이었다면 그녀는 목이 달아났을 거다.

물론, 보이지 않는 곳에서는 황제도, 나라도 욕하는 법
이다.

"게다가 당신이 그렇게 돈이 많아 보이지도 않아요."

맞는 말이다.

펜릴은 돈이 썩어나는 사람은 아니다. 모아 놓은 그래
도 돈이 제법 있기도 하지만, 마체테 한 자루 구입하려고
100만 실링 이상을 사용하고 싶지는 않다. 그럴 돈도 없
고.

다소 얼떨떨한 기분이다.

현실과 동떨어진 기분도 난다.

펜릴은 오늘 제도에 도착했다. 머리와 그리고 몸은 제도

에 적응하지 못했다.

누구나 처음 제도에 오면 헤매고 다른 스케일에 놀라움을 금치 못한다.

특히 펜릴처럼 시골에서 자랐다면 더욱 그럴 수밖에.

'무기는 포기해야 되나. 아니면 다른 곳을 가던가.'

제도에 와서 싸울 일은 없을 거다.

당장 무기가 필요한 건 아니다.

어차피 사냥도 이곳에서는 할 일도 없다.

나중에 사냥이 필요해지면 그때 사면된다.

"어때요? 아니면 제가 제작해 드릴까요?"

솔깃한 이야기다.

하지만, 펜릴은 손을 내저었다.

그녀는 마체테를 생각해내는 데 다소 시간이 걸렸다.

만들어본 경험이 없다는 거다.

그래도 자주 부러지기 때문에 이왕 사는 거 좀 제대로 된 거 하나 구입하고 싶은 생각이 든다.

나이도 어리고 경험도 없는 소녀에게 괜히 부담을 주고 싶은 마음도 없고, 그렇다고 노력과 시간, 돈에 비해서 좋은 물건이 나올 것 같지도 않다.

"영감이 만든 마체테가 필요하다면 다른 방법도 있어요."

"다른 방법이요?"

"뭐, 돈이 없다면 그 영감에게 호기심을 자극할 만한 물건을 주면 되요. 인정만 받으면 되는 거니까요."

펜릴은 괜히 주머니를 뒤적였다.

물론, 그런 물건이 있을 리야 만무하지만.

"하하하! 돈을 많이 벌면 다시 오도록 해요."

소녀는 깔깔 거리며 웃었다.

펜릴은 조금 더 노아라는 소녀와 대화를 나눈 후에 대장간을 나왔다.

대장간은 어차피 제도에 온 목적이 아니다.

클리드에게 얻은 이 열쇠.

이 열쇠 때문이다.

끼이익— 철컹!

구멍에 놓고 옆으로 돌리자, 겔겔 거리는 소리와 함께 문이 열렸다.

펜릴은 조심스럽게 그 안으로 들어갔다.

몬스터 링크

monster link

인정

NEO FANTASY STORY

인정
monster link

끼이이익–

기름칠을 제대로 해놓지 않은 집.

누군가 이곳에 살고 있다면 이런 거북한 소리를 매일 들을 사람은 없을 거다.

펜릴은 천을 꺼내 코와 입을 가리고 눈으로만 주위를 두리번거렸다.

하얀 먼지가 가득히 쌓였다.

정말 아담한 크기의 집이다. 방이라고는 달랑 하나, 그리고 부엌. 평범하기 그지없는 그런 집.

사람이 살지 않지는 않았나 보다. 이 집의 유일한 침입자인 거미들이 천장과 곳곳에 거미줄을 치고 집을 만들었다.

펜릴은 일단 창문을 활짝 열었다.

"훌륭한 집이다."

창문을 통해 밖을 확인하니, 왜 이곳을 선택했는지 알 것 같다.

정말 제도의 그림 같은 풍경들이 한 눈에 사로잡힌다. 저 멀리로는 황궁도 보인다.

주변에는 골목길이 많아 위기 상황시에 몸을 피하기도 쉽고, 또 위치가 어둡고 사람들의 왕래가 적어 이곳에서 무슨 일이 일어나도 주변에서 파악하기가 쉽지 않을 것 같다.

집이 마음에 들어서라기보다는 그냥 링커였던 클리드에게 정말 어울리는 집이다.

그림 같은 풍경 보다는 클리드는 위기 상황시에 몸을 피하기 위해 어둡고 복잡한 골목길이 있는 집을 택한 것뿐이다. 또한 사람들의 발걸음 소리를 하나하나 들을 수 있는 고요함까지.

풍경이 좋아서 선택한 건 아니고, 그냥 우연히 선택한 집이 풍경까지 좋았던 것 뿐.

펜릴은 이 집에 짐을 풀기로 했다.

당분간은 이곳에 있을 수밖에 없다.

서재만 해도 수많은 책들을 비롯하여 클리드가 연구한 흔적들이 있다. 그 흔적들이 펜릴이 찾기만 한다고 원하는 대답들이 나오는 건 아니다.

펜릴이 원하는 건 클리드가 말한 것.

'내 생각에는 4가지, 혹은 5가지 정도를 모아야 아마 불사의 초의 효능을 볼 수 있을 거다.'

과연 그것들이 무엇인가에 대한 의문과 해답을 찾을 시간이다. 펜릴은 팔을 걷어붙이고 일단 집 안을 청소부터 하기로 했다.

서재와 책 위에 쌓인 먼지, 거미줄을 모두 쳐내고 창문 밖으로 전부 버렸다. 그리고 걸레까지 들고 와 주변 곳곳을 깨끗하게 닦았다.

자연스레 콧노래가 흥얼흥얼 나온다.

펜릴이 구입한 집은 아니다.

그래도 제도에 작기는 해도 그럴 듯한 집까지.

마치 이 집의 주인이 된 것만 같다.

어차피 펜릴의 것도 아니고, 클리드의 것이었지만 열쇠까지 맡긴 마당에 주인행세까지 할 참이다.

누구나 사실 꿈꾸는 일이 아니었던가.

대륙에서 가장 뜨거운 곳.

제국의 수도에서 집을 가지다니.

오래는 아니더라도 당분간 이곳은 펜릴의 집이 될 터였다.

청소를 끝낸 펜릴은 이곳을 사람이 살 만한 곳으로 만들기 위해 이것저것을 넣고 채우기 시작했다.

워낙 집이 아담하기 때문에 몇 개 넣지도 못하고 꽉 차 버렸다.

하지만, 펜릴 혼자서 살기에는 더 없이 좋은 곳이었다.

'당장 해야 될 건 뭐지?'

서재를 정리하는 거다. 서재에는 수 십 가지 종류의, 수백 권의 책들이 쌓여 있다. 집의 벽을 모두 서재로 채우고 있으니, 펜릴은 책에 파묻혀 있다고 생각하면 된다. 한 권, 한 권 읽는다면 적어도 3달 이상, 혹은 반 년 이상도 걸릴 수 있다.

펜릴은 제목과 내용만 파악하고 종류별로 나누었다.

이민족의 역사 같은 내용은 당장 펜릴에게 필요한 게 아니다.

전쟁이나, 혹은 문화까지도 그다지 필요 하지 않다.

펜릴에게 관심이 있는 분야는 불사의 초다.

아무리 생각해도 이럴 때 보면, 제국이나 이민족의 문자에 대해 공부를 한 것이 큰 도움이 된다.

다행히 불사의 초에 대한 서적은 몇 권 되지 않는다.

클리드는 서적에 모르는 단어가 나오면 주석까지 달아났다. 그리고 사전까지 구해놔, 그 뜻을 해석했다. 책 곳곳에 어느 책을 봐도 전부 클리드의 글씨가 보인다.

이곳에서 클리드가 얼마나 오랜 시간을 보냈는지, 얼마나 누구보다 열심히 노력했는지 모두 알 수 있었다. 다행히 펜릴이 모르는 단어들 자체가 전부 클리드가 주석으로 달아났다.

펜릴은 머리를 긁적였다.

이렇게 책상에 앉아 고개를 주억거리는 건 자기와는 사실 참 맞지 않는 일인 것 같다. 발이 근질근질하고 당장 아무 것도 안하고 있어도 이것 보다는 재미는 있을 것 같다.

이상하게 몸이 뻐근하고 몸이 들썩거린다.

그래도 꿋꿋하게 참고 책상에 찰거머리 같이 붙어있었다.

링커(Linker).

신이 정한 인간의 굴레를 벗어나, 악마에게 영혼의 절반을 팔아넘기고 그에 합당한 힘을 얻은 자들.

펜릴은 지금까지 자신이 링커라는 사실에 대해서 무감각한 것이 있다고 생각했다.

'내가 정말 링커인가?'

이건 스스로에 대한 질문이다.

마수의 능력을 빌려다 쓴다. 잠을 남들보다도 늦게 자고, 빨리 일어난다. 하루가 유난히 남들보다 길다. 밤만 찾아오면 마수들이 시끄럽게 군다.

마수들의 특징을 모두 갖췄지만, 이상하게 펜릴은 자신이 링커라는 생각이 들지 않았다.

그런데, 바로 이 순간.

펜릴은 자신이 링커였고, 또 링커가 되었다는 사실을 깨달았다. 이건 참 익숙한 모습이다.

책상머리에 앉아 있는 링커들의 모습.

사냥기술을 알려준 영감을 봐라.

그는 하루 종일 책만 파고들었다. 사냥하는 시간이 아까워 펜릴에게 사냥을 가르쳤다.

펜릴은 배운 사냥기술로 항상 영감의 모든 뒤치다꺼리를 해줬다.

영감이 하는 일이라고는 책상머리에 앉아 있는 거다.

그 영감이 자살하고, 라크가 찾아왔다. 라크는 그 자료들을 모조리 가져갔다.

라크의 모습은 별 다를 게 있었을까?

남들이 탐내는 마나연공법을 배워도.

최고의 재능을 갖춘 3차 각성 링커였다고 해도.

결국 라크가 펜릴 앞에서 보여준 모습은 티라와 함께 연구를 하는 것들뿐이다.

결국 그도 자신의 연구 시간을 줄이기 위해 티라에게 이민족의 언어는 물론 문자까지도 가르쳤다.

클리드도 자신과 그리고 딸을 위해 20년을 연구를 했다.

그리고 대륙을 떠돌아다니며 자신의 생각을 정리했다.

링커라는 건, 기사들보다 강한 자를 뜻하는 것이 아니라 펜릴의 입장에서는 불사의 초에 대한 끊임없는 연구하는 '학자' 같은 자들이었다.

이렇게 책만 읽고 있으니 마음만큼은 정말 편안한 것 같다.

문자를 배우긴 했어도 책을 읽는 데 항상 더듬거렸던 펜릴은 이번 기회에 책 읽는 습관이나, 속도에 관해서는 분명히 좋아질 것 같았다.

'죽겠다.'

참 이상한 일이다.

사냥을 할 때는 몇 시간이고, 며칠이고 정말 아무 것도 안하고 가만히 앉아서 소변도 보지 않고 기다릴 수 있을 것 같다.

그런데 책상에만 앉으면 분명히 가만히 있는 건 맞는데 졸음이 쏟아진다.

결국 늘어지게 하품을 한 펜릴은 적당한 곳에 자기가 잘 만한 곳을 만들었다.

클리드 때와는 다르게 이제는 시간에 쫓길 이유는 없다.

아무리 생각해도 펜릴은 자기가 생각했던 '링커'들의 모습과는 어울리지 않는다는 걸 깨달았다.

그리고 그날은 조금 이른 시간에 잠에 들었다.

♦

'이것도 아니다.'

쿵!

펜릴은 방금까지 읽고 있었던 두터운 책을 덮었다.

그리고 서재를 한 번 다시 둘러보았다.

'정리를 잘못했나?'

펜릴은 3일 동안 집에 틀어 박혀서 책만 읽었다.

밖에 나간 건, 음식이나 바람을 쐬러 나갔던 것 외에는 전혀 없다.

펜릴의 책상 위에 남은 책은 달랑 한 권이다. 저 안에 불사의 초와 관련된 정보가 없으면 펜릴은 허탕을 친 거나 다름이 없다.

시간의 여유가 있는 건 분명하지만, 그렇다고 낭비까지 하고 싶은 생각은 전혀 없다.

펜릴은 바깥을 힐끔 쳐다봤다. 아직까지 해가지지 않은 낮이다. 결국 남은 마지막 책을 다시 폈다.

이제 그는 처음 읽을 때와 다르게 쭉쭉 읽어 나갈 수 있다.

모르는 용어는 많이 사라졌다.

옆에 필기까지 하면서 읽을 필요도 없어졌다.

펜릴은 1시간 뒤에 자리에서 일어났다.

더 이상 읽을 것도 없다. 이 책은 불사의 초와 관련된 정보는 없다. 그것에 관련된 역사일 뿐이다.

이제 불사의 초와 관련된 정보는 없다.

'그 노인은 20년간 책만 읽었나.'

주석을 달고, 열심히 노력한 흔적.

하지만, 이건 연구와는 분명히 다른 거다.

분명히 죽기 살기로 노력했을 거다. 지금 펜릴의 노력은 그와 비견될 수도 없을 정도로.

그런 거 치고는 너무나 정보가 허술하다. 그 사람이 이런 걸 보라고 펜릴에게 열쇠를 맡기지는 않았을 거다.

'라크와 티라는 이곳에서 무엇을 얻었을까?'

그들은 이곳에 왔었다.

하지만, 어떠한 흔적도 남기지 않았다.

흔적을 남겼다 한들 3년이나 지난 이 시점에서 그 흔적을 발견할 수 있을까.

이게 다라면 클리드에게 굉장한 실망이다.

삐걱, 삐거억—

바닥이 소리를 낸다.

그럴 수밖에 없을 거다. 사람이 몇 년간 살지 않으며 관리를 하지 않았으니 정상일 리가 없다. 게다가 바닥이 썩 좋은 자재는 아니다.

펜릴은 그러거나 말거나 서재 앞을 왔다 갔다 움직였다.

퍼걱!

갑자기 그의 발 하나가 바닥 밑으로 쑤욱 빠진다.

펜릴은 중심을 잡지 못하고 옆으로 넘어졌다.

그런데 빠진 발이 무언가 밟고 있는 모양이다.

펜릴은 마체테를 꺼내 들어 바닥을 옆으로 조금씩 잘라 냈다.

"응?"

바닥을 드러내자 계단이 보인다. 아니, 계단 보다는 사 다리에 가깝다.

펜릴은 계단을 이용할 것도 없이 곧바로 뛰어 내렸다. 굳이 사다리를 탈 것도 없이 바닥까지 내려오는 게 어렵지 않은 일이다. 망령의 에너지를 이용하자 고양이의 발놀림 처럼 가볍게 착지했다.

주변을 둘러보는 펜릴이 피식 웃었다.

"그럼 그렇지."

이곳에는 책이랄 게 없었다.

지도나, 혹은 종이들을 벽에 이것저것 붙였다.

그의 서재는 그저 눈가림용이거나 필요한 서적을 가져 다 놨을 뿐이다.

펜릴은 이곳이 마음에 들었다.

위에는 사람이 살았던 흔적은 전혀 없다. 하지만, 이 아 래는 아니다. 몇 년이 지났지만 아직도 사람이 있었던 흔적이 존재한다.

한 명이 아니다. 적어도 두 명이상.

취향이 다른 색깔의 컵(cup)들이 그렇다.

라크와 티라에 대한 흔적들이 여기 있던 거다. 그들은 분명히 이곳에 내려 왔었다. 그리고 지금 펜릴이 보고 있는 광경과 똑같은 것들을 보고 연구를 했을 거다.

지하실은 그렇게 크지 않다.

펜릴은 주위를 한 번 둘러보다가 작은 문 하나를 발견했다.

그 문을 열자 가장 먼저 눈에 들어온 것은 술이다.

술 냄새가 강하게 풍겨 온다.

장식장에는 여러 나라에서, 대륙 곳곳에서 수집한 술들이 보인다. 클리드의 취향이나 취미가 뭔지 알 것 같은 장면이다. 펜릴은 술은 내버려두고 고개를 돌렸다.

술뿐만 아니라 이곳은 클리드가 여러 가지 물건을 보관하던 장소인 것 같다.

금화도 제법 있고, 보석들도 있다.

여기저기서 모아 놓은 무기들도 있는 것 같다. 상태가 썩 좋아 보이는 건 아니다. 무기라는 건 결국 관리를 어떻게 해주느냐에 따라 값어치가 유지된다. 아무리 값비싼 검을 사도 관리가 되지 않으면 싸구려 칼만도 못한 놈이 될 뿐이다.

창고가 작기는 하지만 구경을 하는 쏠쏠한 재미도 있다.

펜릴은 창고 한쪽 구석에서 삐쭉 튀어 나온 것을 손으로 집었다.

"이거……."

펜릴이 아는 물건이었다.

◆

검은숲은 신비롭다.

숲에서 자란 펜릴에게도 검은숲은 분명히 호기심 가득하고 또, 가장 위험한 곳이기도 했다. 물 하나 제대로 마실 수도 없고, 같은 열매라도 하나는 독이 있고 독이 없는 이상한 곳.

거기서 펜릴이 가장 신기하게 봤던 건 붉은 나무다.

오로지 검정색 나무밖에 없던 그곳에서도 유일하게 붉은 색 빛을 뿜어내던 그 나무는 뿌리 밑에 가장 신기한 열매를 가지고 있었지만, 그 중 가장 신기했던 건 그 나무의 가지다.

놀들도 그렇고 오크들도 그렇고 죄다 그 나무의 가지로 무기를 만들어 사용했는데, 철로 만들었던 무기들보다도 더 단단했다.

철과 나무가 부딪혔는데, 나무는 멀쩡하고 철이 두동강이 난다.

사실 그 때문에 놀을 상대하는 기사들도 혼비백산했던 기억들이 있다. 그들도 그런 경험도 없고, 들어본 적도 없는 거다.

실제로 숱한 전쟁에서 많은 경험을 겪은 오르도 자작은 어떠했는가. 그 또한 제대로 대처하지 못한 게 있다면 붉은 나무의 가지들.

겪어 본 적이 없는 거다. 처음 있는 일이니까 당황스럽고 놀라운 거다.

그래서 펜릴도 그렇고 원정대가 죄다 그 나뭇가지를 하나씩 챙겼다.

다만, 주술사의 사건이 있고 나서는 그걸 전부 잃어버렸기 때문에 가지고 나온 건 하나도 없었다.

아쉽다면, 아쉬움으로 남았던 일이었는데.

그 가지를 설마 하니 클리드의 집에서 발견할 수 있을 거라고는 생각하지 못했다.

'그 노인네는 검은숲에 다녀온 경험이 없는데.'

라트라를 잡기 위해 그와 며칠 있는 동안 그래도 제법 대화를 나눴다.

그 노인네는 검은숲에 다녀온 펜릴을 진심으로 부러워하는 눈치였다. 검은숲은 위험하다. 목숨을 걸어야 할 정도로. 대륙에 그런 곳이 몇 군데 존재 한다. 들어가기가 쉽지도 않고 나오는 것도 마음대로 되지 않는다.

에이미를 내버려두고 그런 곳에 들어갔을 리는 없다.

그런데 버젓이 이 나뭇가지가 이곳에 있다.

하나도 아니고 여럿이다.

뒤져보면 굉장히 많다.

'라크로군……'

조금만 생각해보면 답이 나온다.

라크나 티라가 가져왔을 거다.

그들은 검은숲에 다녀왔다. 그리고 그들은 이곳에 있었다. 그들이 이 붉은나무 가지를 가지고 있었다는 것은 그들도 그 나무 밑에서 열매를 얻었을 가능성은 농후하다.

열매의 힘은 펜릴이 직접 느끼고 있지만 정말 그 쓰임새가 무궁무진하다. 인간에게 마나를 대신하여 엄청난 에너지를 주고 있으니 말이다.

'내가 열매를 얻었을 때 나무의 색깔이 검은색으로 되돌아갔지.'

단순히 색만 되돌아간 게 아니다.

그냥 옆에 있는 평범한 검은숲의 나무들과 크게 다를 게 없어진 거다.

라크나 티라는 열매를 얻었을 수도, 못 얻었을 수도 있다.

만약 그들이 열매를 얻었고 펜릴도 얻었으니 몇 년 주기로 그런 나무들이 검은숲에 자라거나 생성된다고 볼 수 있다.

이곳에 붉은 나뭇가지가 있다는 것만으로도 일단 경우의 수를 확장시킬 수 있다.

"일단 이거는 내가 써야겠다."

허락도 없이 사용한다는 점이 조금 마음에 걸리기는 하지만, 주인 양반은 이미 땅속에 묻힌 뒤다.

'마침 잘 됐어.'

활도 마체테도 다시 만들어서 오래 동안 쓰고 싶다.

뭐만 하면 부러진다.

마체테만큼 손에 맞는 것도 없는데, 마체테라는 것 자체가 살상을 목적으로 한 무기 보다는 길을 안내할 때나 나무를 벨 때 사용하는 투박한 무기다. 때문에 예기가 그다지 날카롭지 못하고 튼튼하지 못하다.

게다가 펜릴은 복합궁을 본 뒤라 그런가, 활에 대한 욕심도 어느 정도 생긴 상태다.

펜릴은 창고에 뭐가 더 없나 싶을 정도로 눈을 씻고 계속 찾아봤다.

하지만, 붉은 나무 외에는 특별한 게 없었다.

'혹은 내가 그 가치를 알아보지 못할 수도 있고…….'

이 붉은 나뭇가지도 검은숲을 다녀오지 않았다면 펜릴은 이것에 대한 가치를 전혀 몰랐을 거다. 그냥 쓰레기나 다름없다고 생각할 지도 모른다.

그래서 아는 것이 중요한 거다.

펜릴은 더 이상 특별한 게 없자 붉은 나무만 모조리 모아서 가지고 나왔다.

붉은 나뭇가지를 발견했다는 흥분도 오래가지 않았다.

그건 그냥 운이 좋았던 것뿐이다.

펜릴에게 현재 중요한 건 불사의 초와 관련된 정보다.

이곳은 20년간 클리드가 연구를 했던, 그런 장소다.

지하실이라 워낙 어두운 탓에 펜릴은 양초를 찾아서 군데군데 설치했다.

어두웠던 부분까지 드러나자 벽 곳곳에 종이가 붙여지지 않은 곳이 없을 정도다.

펜릴은 짧게 한숨을 내쉬었다.

여기 있는 모든 내용을 정리하려면 시간이 걸릴 것만 같았다.

벌써부터 머리가 지끈거렸다.

◆

"없어요."

슈마이켈의 대장간.

펜릴은 또다시 이곳을 찾았다.

마차를 타면 30분 거리다. 물론, 곤조의 발목에 망령의 에너지까지 사용하면 10분이면 주파할 수 있다. 사람들이 펜릴을 본다면 어떻게 생각할지는 모르겠지만.

이목을 끌고 싶은 생각은 없었기 때문에 평범하게 마차를 탔다. 마차를 타는 편이 이곳 제도 구석구석을 돌아다니기 때문에 주변을 익히기가 좋다.

눈에 익은 풍경들이 지나가더니 잠시 후 사람들이 몰려 있는 슈마이켈의 대장간에 도착했다.

펜릴은 또 다시 2층으로 올라가는 입구 앞에서 멈칫했다.

고개를 뒤로 돌리자 여전히 멜빵바지를 올려 입은 소녀 하나가 웃으며 쳐다본다.

'노아라고 했던가?'

이곳에서 유일하게 값싼 무기들을 판매한다.

물론, 나이가 워낙 어리기 때문에 찾아오는 사람이 적고 위치도 이곳 대장간에서 가장 구석진 곳이다. 슈마이켈이라는 대장장이에게 관심이 있는 사람들이 가끔씩 펜릴처럼 이렇게 힐끔거리는 게 아니라면, 그녀를 보기가 쉽지가 않다.

"어디 갔는데요?"

"아마, 지금쯤……."

그녀는 골똘히 생각을 하더니 시계를 한 번 쳐다본다.

"공원 한 번 가봐요."

모호한 대답이다.

펜릴은 슈마이켈을 만나본 적이 없다. 그런데 공원을 간다고 알아볼 수나 있을까.

노아라는 이 대장장이는 결코 멍청이가 아니다. 괜히 이곳에 있는 것도 아니다.

'시험……'

돈이 많은 자들은 들여보내고, 펜릴처럼 돈이 없어 보이는 자들에게는 시험을 하는 것 같다. 처음에 왔을 때 펜릴이 아무 소득 없이 나왔던 건, 펜릴의 손에 아무것도 쥐어져 있지 않기 때문이다.

펜릴은 붉은 나뭇가지를 천으로 돌돌 싸서 애지중지 들고 다닌다.

그게 어떤 물건인지는 이 노아라는 여자가 판별을 한다. 정말 형편이 없다면 돌려보낸다.

'장인을 알아보지 못한다면 대화할 기회조차 없다 이건가.'

펜릴은 머리를 긁적였다.

그녀는 일부로 여기에 자리를 잡았다.

펜릴이 시원찮은 물건을 가져왔으면 그녀는 돌려보냈을 거다.

한 번 찾아가봐라, 이건 어느 정도 호기심은 생겼거나 혹은 자기가 판별할 자신이 없다는 얘기로 들린다.

"알겠어요."

펜릴은 양쪽 어깨를 으쓱하고 대장간을 빠져 나왔다.

그녀가 말한 공원이라면 이 대장간 근처에 있을 거다.

펜릴은 얼마 안 가 공원을 발견했다.

'대단하군…….'

정말 시간이 지나면 지날수록 이 제도에 정말 아름다움을 느낀다.

이 제도에 사는 사람들을 위해 공원을 조성한다.

만약에 이게 귀족들의 사유지였다면? 영지였다면? 가능한 얘기였을까.

평민들에게 유독 잘하는 귀족들은 항상 존재한다. 그만큼 핍박하고 입고 있는 옷 한 장까지 빼앗는 지독한 귀족들도 존재한다. 하지만 자기 땅을 내어주면서 그곳을 공원으로 조성하는 자들은 없다.

그런데 황제는 그러고 있다.

이 나라의 황제는.

제도는, 내가 사는 도시는, 제국의 중심은, 바로 이곳이라고 얘기하고 있다. 대륙의 모든 집중이 이곳에 쏠리기를 바란다.

"하하."

펜릴은 웃음이 나왔다.

지금은 낮 시간대다. 모든 사람들이 바쁘게 일을 하고 있는데, 과연 누가 공원에 있을까 싶었다.

그런데 정말 많은 노인들이 이곳 공원에 있었다.

노아가 말을 하는 투를 들어 보면 슈마이켈은 나이가 지긋이 든 양반이다. 노인하면 떠오르는 이미지는 하얀 머리가 나고 피부가 쭈글쭈글한 사람이 생각나지만, 이 공원에 모인 사람들은 죄다 그런 사람들이다.

나무 밑에 휴식을 취하거나 벤치에서 잠시 앉아 있거나.

그들은 정말 이 겁박한 제도 속에서 나름대로 휴식과 여유를 찾은 듯 해보였다.

"어디보자. 어디서부터 찾지?"

스스로도 의문이 생긴다.

펜릴은 뭔가 사람의 관상을 보고 그 사람을 추측할 수 있는 사람도 아니다. 그렇다고 뭔가 감이 좋다고 말할 수도 없다.

슈마이켈이라는 그 대장장이가 이곳에 있다고 해도, 찾기가 쉽지는 않을 것 같다. 아니 자기가 직접 밝히지 않는 이상은 더더욱 말이다.

뛰어다니면서 집 나간 강아지 부르듯, 곳곳에 슈마이켈이라는 노인네를 아냐고 물어볼 수도 없는 노릇이다. 그렇게 해서 짠! 하고 나타날 거면 그 노아라는 대장장이는 펜릴에게 이런 시험을 주지도 않았을 거다.

펜릴은 일단 돌아다녀보기로 했다.

공원은 제법 크다.

그때, 펜릴의 가슴속에서 무언가 작은 힘이 꿈틀거렸다.

망령이 주는 신호다.

"왜?"

펜릴은 자기도 모르게 물어봤다.

망령이 알아들을 수나 있을지는 모르겠다.

데이비드 백작령에서 만났던 에이미를 보고 망령은 이상하다는 신호를 보냈다.

그녀의 영혼이 다른 사람들에 비해 너무나도 작았기 때문이다.

그것 때문에 그녀가 링커라는 착각을 했던 해프닝이 있긴 했지만, 망령이 영혼을 바라보는 시선만큼은 정확하다.

펜릴은 테이블에 앉아 있는 노인을 볼 수 있었다.

망령은 그 노인을 보고 유독 이상한 신호를 보낸다.

다른 노인들과는 정말 다른. 그런 느낌이다.

펜릴은 노인의 반대편에 가 앉았다.

노인은 하얀색과 검은색 돌을 혼자 이리저리 움직이며 머리를 감싸 쥐고 있었다. 돌은 말의 모양도, 왕관의 모양도, 성의 모양도 있었다.

'체스라고 했던가.'

귀족들이나 즐기는 문화다.

물론, 귀족들뿐만 아니라 이제는 평민들에게 까지 그게 퍼지긴 했지만.

한가로운 작자들은 그 체스를 가지고 대회를 연다고도
들었다.

　　펜릴은 그 노인을 바라보며 물었다.

　　"당신이 슈마이켈이라는 대장장이입니까?"

　　"……."

　　그 노인은 이번에는 검정 돌을 움직였다.

　　그러더니 하얀 돌의 왕관을 잡아 먹었다.

　　잠시 후, 천천히 입을 떼었다.

　　"체스 둘 줄 아나?"

　　"아뇨."

　　펜릴은 솔직하게 대답했다. 그리고 자기가 품에 안고 있
던 붉은 가지를 그 체스판 옆에 올려다 놓았다. 그 노인은 붉
은 가지를 한 번 쳐다보더니 피식 웃었다.

　　"게임 참가비 치고는 제법이로군."

　　"그렇습니까?"

　　"내가 가르쳐 주지. 한 판 두세."

　　펜릴은 검은색 돌을 집었다. 노인은 당연히 하얀색 돌을
집게 되었다.

　　당연히 펜릴이 이길 리가 없다. 그런데 노인은 몇 번이
고 펜릴에게 강요했다. 펜릴은 할 수 없이 계속 체스를 두
었다. 몇 번 경험을 하고 나니 펜릴이 그때야 한 번 이길
수 있었다.

노인의 수준은 대단하다고 말할 순 없었다.

하지만, 한 가지는 알 수 있었다.

'봐줬군.'

노인이 천천히 입을 열었다.

"제법 대단한 물건을 봐서 선물을 한 것 뿐일세."

"그렇군요."

펜릴은 고개를 들어 올렸다. 노인은 펜릴을 위에서 아래로 내려다보고 있었다.

둘의 시선이 허공에서 얽혔다.

펜릴은 벼락이라도 맞은 것 마냥 몸을 떨었다.

마치 그 노인 앞에서 모든 것이 벗겨진 기분이었다.

그 이유를 알아차리는 건 어렵지 않았다.

펜릴은 봤다.

노인의 양쪽 눈에 새겨진 각인의 문신을.

monster link

몬스터
링크

스펙터의 목걸이

NEO FANTASY STORY

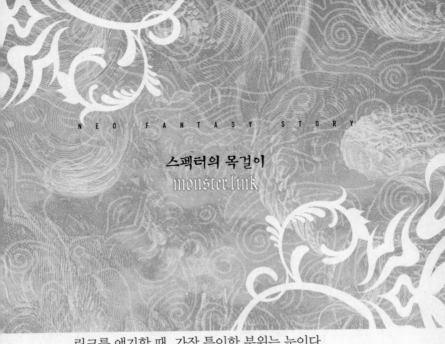

스펙터의 목걸이
monster link

링크를 얘기할 때, 가장 특이한 부위는 눈이다.

각인의 문신을 새기기 위해서는 흑요석과 시약이 필요한데, 그걸 눈에 작업하는 것이 쉽지가 않다.

일단 눈에 손상이 가게 되면 각성을 하게 되도 일상생활에 지장이 간다. 눈이 보이지 않는 데, 각성을 한다고 뭐가 보이겠는가.

그래서 눈에 문신을 그리는 건 굉장히 집중력을 요구하는 작업이다.

실제로 눈에 링크를 하는 사람들은 굉장히 적다.

첫 번째 보다는, 두 번째, 두 번째 보다는 세 번째로 우선순위가 밀리기 때문이다.

3차 각성까지 간 링커들은 팔과 다리를 하고 나머지 장소를 고민하게 되는 데, 실제로 그런 어려운 작업 때문에 눈을 포기하는 사람도 있다.

대표적으로 클리드도 눈 보다는 날개뼈에, 라크도 목에 하지 않았던가.

하지만, 단점만 있는 건 아니다.

눈만큼 좋은 능력을 가지고 있는 부위도 사실 많지가 않다.

워낙 마수들의 눈은 인간들과 다르기 때문에 기존에 보이는 것과 다른 것들이 보이는 거다.

뿐만 아니라 부위가 작기 때문에 잠식도 거의 이뤄지지 않는다.

팔이나 다리를 포기하고 오로지 눈만 한다면, 잠식 때문에 자살을 해야 할 정도로 고민하는 일은 오지 않을 거다.

물론 그 눈 때문에 자신의 수명 절반을 바치는 게 옳은가는 문신을 가진 자가 판단을 할 뿐이다.

실제로 눈 정도라면, 수명의 절반을 바쳤다고 한들 마나의 연공법과 좋은 약, 관리만 제대로 한다면 거의 평범한 사람들처럼 살다가 죽을 수도 있다.

펜릴은 이 눈앞에 있는 사람은 적어도 마나연공법을 익히지 않았다라고 단언할 수 있을 것 같다. 평범한 사람과 정말 다를 게 없다. 오로지 다른 것이 있다면 양쪽 눈의 문신이다. 자세히 보지 않으면 사실 그 문신은 보이지 않는다. 문신을 새길 때부터 배려를 한 다면 눈에 띄지 않게 눈동자 색깔과 비슷하게까지 할 수 있다.

정말 보잘 것 없어 보이는 이 노인을 보는 것만으로도 이런 느낌이 드는 것은 저 눈 때문이다.

사람이 하나하나 모든 것들이, 치부가 밝혀지는 그런 느낌이다.

이 노인은 피식 웃었다.

"내가 슈마이켈이 맞네. 나를 발견한 자네도 제법 훌륭한 안목을 가졌군."

그를 발견할 수 있었던 건 망령의 힘이 크다.

물론, 펜릴은 그 사실을 밝힐 이유가 없다.

"고맙습니다."

"나를 보고 경계할 필요는 없네. 생각대로 나는 눈 말고는 전혀 뛰어난 게 없는 사람이니까."

그러면서 주변의 공기가 차갑게 내려앉는다. 펜릴을 바라보는 눈이 지금 당장이라도 마치 튀어나올 것처럼 크게 부풀어 올랐다.

발가벗겨진 느낌이 드는 건 사실 당연할 수밖에 없다.

슈마이켈이라는 저 노인네가 가지고 있는 눈은 대륙에서 가장 귀하기로 소문난 눈.

'꼬냑의 눈이다.'

꼬냑이란 마수는 정말 신기하게 생겼다.

눈 하나에 몸이 달려 있고, 양쪽에 날개가 달려 있다.

강하지도 않다. 발견만 한다면 누구나 쉽게 잡을 수 있다.

그런데 발견을 할 수가 없다.

꼬냑은 최근에는 그냥 돌연변이라고 결정지어버렸다.

꼬냑은 박쥐들의 무리에서 가끔 발견되는데, 박쥐들의 돌연변이가 아닌가 하고 학자들은 얘기했다.

눈은 특수한 곳이다. 팔과 다리처럼, 바깥에 내놓아져있는 것이 아니라 안에 있는 거다. 그래서 크기가 맞지 않으면 각성을 했을 때 그냥 눈이 머리 안에서 터져버린다.

각성을 할 때는 이 눈의 크기가 정말 중요하다.

그리고 마지막으로.

꼬냑의 눈은 약점이나 강점을 단숨에 파악을 할 수 있다.

예를 들면 펜릴의 몸을 봤을 때, 옷이 벗겨진 상태의 나체를 볼 수 있고 더 나아가 안에 있는 펜릴의 마수들 까지도 볼 수 있을 거다.

진실을 보는 거다. 그 사람의.

혹은 생물체가 아닌 바위나 단순한 나무쪼가리까지도.

'하나도 아닌, 둘……'

꼬냑은 눈이 하나 밖에 없다.

양쪽 눈에 각인을 시키기 위해서는 두 마리의 꼬냑을 잡고 각성을 시켜야 한다.

2차 각성 링커라고 볼 수 있지만, 눈은 잠식 범위가 작고 팔이나 다리도 결국에는 양쪽을 하는 것과 다를 게 없기 때문에 사실 상 1차 각성 링커라고 봐도 무방하다.

그래서 굉장히 좋다.

그런 눈을 가지고 있다면 이름난 대장장이가 되는 것도 사실 어려운 건 아닐거다.

철을 만지는 순간 철의 약한 부분과 강한 부분을 단숨에 알아차릴 거고, 그것은 명장이 되는 데 밑거름이 됐을 거다.

펜릴이 가져온 붉은 나무의 값어치를 알아보는 것도 그의 눈이 하는 역할이다.

꼬냑의 눈으로 붉은 나무를 연신 쳐다보던 슈마이켈은 잠시 후 입을 떼었다.

"신기한 나무로군. 단단함의 정도를 봤을 때, 철 보다 더하고 부드러움을 봤을 때는 여느 탄력 있는 나무들 보다 더 하니 활을 만들어도 되고 검을 만들어도 훌륭한 검이 나오겠군."

슈마이켈은 나무를 직접 만졌다. 그리고 나무의 한 가운데를 붙잡고 가운데를 푹 눌렀다. 나무가 활처럼 휘기 시작한다. 그런데도 나무는 아무런 손상도 가지지 않는다.

"귀한 걸 가져왔으니 부탁이 있어서겠지. 용건이 뭔가?"

"당신이 대륙 제일가는 장인이라 들었습니다."

펜릴의 기분 좋은 칭찬에 슈마이켈은 너털웃음을 터트렸다.

"과분한 칭찬일세."

"같은 길이의 두 자루 마체테, 그리고 복합궁이 필요합니다."

"복합궁은 그렇다 쳐도. 마체테?"

펜릴은 고개를 끄덕였다.

"길을 만들 때 사용하고 사냥에도 쓸 수 있는. 그런 마체테를 말하는 겁니다."

그제야 슈마이켈은 펜릴의 옷차림을 보았다.

제도에서는 정말 보기 드문.

사냥꾼의 옷이다.

"제도 사람이 아니로군."

"남부에서 온 촌놈이지요."

펜릴은 국경지대의 남부 출신이 맞다.

그래서 언어도 언뜻 들으면 조금 다른 게 있다.

"복합궁을 만드는 데 이 나무라면 어렵지 않네. 하지만, 마체테라면 한 가지 더 필요한 물건이 있네."

"뭡니까?"

"이 나무의 강점은 탄력으로 검이나 다른 무기와 부딪

혔을 때 데미지를 흘릴 수 있다는 거고 무엇보다 철 보다 가볍다는 걸세. 만약 검과 부딪힌다면 이 나무의 압도적인 승리로 끝나겠지. 하지만, 적어도 검의 끝 부분과 밑단은 절삭력을 가지고 있어야 하네. 그래야 자네가 생각하는 마체테가 완성이 되니까."

그러고보면 틀린 말이 아니다.

나무자체로 보면 절삭력을 가졌다고 보기 어렵다.

무기를 만든다고 철 보다 단단한 목검이 될 수는 있어도, 철보다 날카로운 무기가 될 수는 없는 거다.

"틀이라면 미리 만들 수 있으니 만들어 놓지. 하지만, 절삭력을 가질 수 있는 부분에 대해서는 자네가 그에 합당한 재료를 가져오는 게 좋아. 비용은 자네가 부탁한 물건을 만들고 남은 모든 것."

인정을 받으면 무기를 만들어 줄 수 있다고 했지 어딜 봐도 공짜란 얘기는 없었다.

오히려 나무를 받는다면 펜릴에게는 값싸다. 어차피 저 나무는 클리드의 집에 있던 것 뿐.

문제는 그 나머지 재료다.

그걸 어디 가서 구해야 할 지 생각보다 골치가 아프다.

"좋습니다."

펜릴은 고개를 끄덕였다.

자리에서 일어나려고 하자 슈마이켈이 붙잡았다.

"바쁜 건 알겠지만, 한 판 더 두고 가세."

펜릴은 자리에 다시 앉았다.

◆

"안녕하십니까, 헌터(Hunter)님."

낯설지 않은 곳이다.

펜릴은 지하로 들어가는 입구 앞에서 가면을 받았다.

이곳을 찾는 건 굉장히 어렵다. 평범한 사람이라면 정말 죽었다 깨어나도 찾기 어려울 거다.

그런데 펜릴은 이곳의 회원이다.

멜프레의 추천을 받고 회원이 되자 펜릴이 어떤 도시에 도착할 때 마다 그 사람들이 찾아와 위치를 얘기해줬다.

어떻게 펜릴을 찾았는지는 그다지 중요한 게 아니다. 그들은 모든 회원들을 관리하고 있는 것 같다.

이들은 펜릴의 이름을 모를 거다. 그냥, 헌터라는 이름으로 부를 뿐이다.

'경매장.'

작은 경매만 하는 게 아니다. 마수들을 비롯하여 각종 물건들이 쏟아진다.

싼 가격 혹은 구하기 어려운 것들을 쉽게 구할 수 있는 곳이 바로 이곳. 경매장이다.

펜릴은 안내를 받으며 밑으로 내려갔다. 돈은 있는 돈 없는 돈 모두 긁어왔다.

'시간이 나는 대로 마수들을 사냥해서 팔아야겠다.'

벌 떼는 몰랐는데 쓰기 시작하니 순식간에 사라지는 것이 돈이다. 제법 돈을 많이 벌어놨다고 생각했는데, 돈이라는 것이 정신 차리고 보면 없더라.

"물건을 판매하시겠습니까? 경매에 참여하시겠습니까?"

길은 두 갈래다.

펜릴은 물론, 경매에 참가하기 위해 이곳에 왔다.

"참여하겠습니다."

"그럼, 이곳으로."

복잡한 길을 굽이굽이 따라간다. 도저히 안내인이 없다면 도망가기가 쉽지 않을 것만 같다. 이건 제도도 남부인 로도스도, 칼루스도 마찬가지였다.

계단식으로 이루어진 거대한 강당이 하나 보인다. 맨 앞도, 맨 뒤도 좋지 못하다. 물건의 값어치를 보기 위해서는 가운데에 앉아야 한다. 벌써부터 그 주위에는 사람들이 꽉 찼다. 펜릴은 어차피 경매에 중독된 작자가 아닌 이상에야 적당한 자리를 찾아 앉는 것이 맞는다고 생각했다.

굳이 좁은 자리를 비집고 들어가 엉덩이를 걸터앉을 생각은 전혀 없었다.

경매에 참여하는 사람들은 여전히 많다.

어떤 이들은 한 방을 노리거나, 어떤 이들은 모르는 값어치를 자기만 알고 있는 물건이 나온다거나.

경매에 참여하는 사람들의 목적은 다양할 거다.

물론, 펜릴처럼 찾는 물건만 사기 위해서 나타난 작자도 있을 거고.

펜릴은 의자에 등을 기대어 편하게 앉았다. 주위에는 아무도 없었다. 그가 다리를 벌리고 앉든 신발은 벗든 신경을 쓰는 사람은 아무도 없다.

이곳에 오는 이상 귀족도 황제도 평민도 노예도 없다. 그냥 경매에 참여하는 사람들일 뿐이다. 이 경매장의 철칙은 단 하나.

경매장 직원들이 시키는 대로 할 것.

이 안에서만큼은 누구나가 평범한 사람일 뿐이고, 평등한 관계일 뿐이다.

다소 지루한 시간이 흘러갔다.

그리고 경매기 시작됐다.

사회자가 앞으로 나타나 목청 높이 물건을 소개하기 시작한다. 물건에 관심이 있는 자들이 쏙쏙 모습을 드러내며 손을 조용히 올린다.

그러다 낙찰이 된다.

사실 경매라는 건 참 구경만 하는 것도 재미있다.

특히나 두 사람이 한 물건의 값어치를 올리는 행위를 보는 것도, 기싸움을 하는 것도, 자존심 때문에라도 가격이 올라간다.

경매는 계속 진행되었다.

"자! 다음에 소개드릴 물건은, 미스릴입니다. 미스릴."

미스릴.

단단한 것과는 거리가 멀지만, 구하기 힘든 광물임에는 틀림이 없다. 일단 기사들이 사용하는 광물이다. 철 보다 마나를 받아들이기가 쉽기 때문에 기사들 중에서도 제법 이름난 기사들은 전부 미스릴을 쓴다.

펜릴은 패스했다.

그에게 미스릴은 그렇게 중요하지 않다.

어차피 펜릴은 검을 그렇게 좋아하는 편이 아니다.

그냥 마체테라는 무기가 손에 맞기 때문에 그런 물건을 사용하는 것 뿐.

그 다음, 아다만티움이라는 광물이 나오자 그때야 펜릴이 손을 들어 올렸다.

가장 단단한 광물로 유명하다. 하지만, 기사들은 딱히 찾는 편이 아니다. 마나의 집점도가 낮아 예기가 발산되지 않기 때문이다.

광물이 검이 되었을 때 가장 중요한 건 단단한 것보다도 이 검이 얼마나 내 마나를 받아들이느냐다.

궁합이라는 것들이 결국 존재하기 때문이다.

펜릴은 값싼 가격에 아다만티움을 낙찰 받았다.

"네, 저기 있는 분께 낙찰 되었습니다."

작은 박수 소리가 곳곳에서 들려온다.

낙찰을 받으면 박수를 쳐주는 건 예의다.

"자! 이제 다음 물건입니다."

사회자는 작은 유리상자를 가지고 나오더니 천을 벗겨
냈다.

목걸이다.

그런데 목걸이가 제법 특이하게 생겼다.

목걸이에는 가운데에 진주 하나가 박혀 있다.

"저거……."

펜릴이 아는 물건이다.

아니, 알 수밖에 없다.

클리드의 집에서 펜릴이 쳐 박혀있었던 이유가 무엇이
었던가.

그가 말한 5가지의 성물 때문이다.

불사의 초를 이루는 5가지의 재료.

"설마."

저건.

"스펙터의 목걸이다."

◆

펜릴은 자리에서 벌떡 일어났다.

순간, 경매장에 정적이 휘몰아쳤다.

펜릴은 주위를 힐끔 쳐다보더니 곧바로 앉았다.

'실수다.'

너무 흥분했다.

설마 이곳에서 불사의 초를 이루는 5가지의 성물 중 하나, 스펙터의 목걸이를 보게 될 줄은 몰랐다.

클리드가 숨겨 놓은 지하실에서 펜릴은 5가지의 성물에 대한 자료들을 볼 수 있었다.

검은숲의 붉은 열매.

라트라여왕의 심장.

스펙터의 목걸이.

크라켄의 쓸개.

트론왕의 날개.

펜릴은 검은숲의 붉은 열매를 손에 넣었다. 뿐만 아니라 이미 심장에서 엄청난 에너지를 양산하고 있다.

행운이라면 행운이다.

검은숲에서 친했던 이민족의 길잡이들이 말했던 불사의 초는 그 붉은열매를 얘기하는 게 맞았다.

펜릴은 이미 하나를 소유하고 있는 것과 같다. 나머지

필요한 건 4개.

붉은 열매가 그랬듯, 각자의 성물에는 능력들이 하나씩 존재한다.

이 스펙터의 목걸이에는 한 가지의 능력이 존재한다.

꿀꺽.

'신의 눈을 속일 수 있다.'

간단하게 생각하면 이 세상에 사는 누구든, 신의 관할 하에 있다.

인간은 신이 정한 굴레에서 벗어나지 못하고 자기 수명 껏 살게 되다 죽는다.

병사, 아사, 사고사.

모든 것들은 그냥 신이 정한 굴레에 불과하다.

링커가 인간의 굴레를 벗어난다고 했는데, 사실 그건 그냥 신의 눈 밖에 나는 행동이다. 완전히 굴레를 벗어났다고 생각해서는 안 된다. 결국 굴레를 벗어났다고 한들, 링커들은 신이 정한 인간의 수명에 절 반 밖에 살지 못하니까.

스펙터들은 이미 신의 눈에 벗어난 존재들이다.

그들의 수명은 영원하다.

인간이 아니다.

마수도 아니다.

언데드(Undead)다.

이미 죽고 나서 다시 한 번 되살아난 존재들이다.

그 시점에서 그들은 이미 굴레를 완전히 벗겨냈다. 굴레를 벗겨냈다는 건 운명에서 벗어난 존재들이란 뜻이다.

신의 관할에 있지 않은 악마들은 신과 대항하기 위해 병사들을 양성했다. 바로, 그게 언데드다. 그 중 스펙터들은 현존하는 대륙에서 유일하게 활보 할 수 있는 군사들이다.

그런 스펙터들 중에서 악마의 지시를 받은 스펙터의 왕이 존재한다. 그 스펙터의 특징은 목에 찬, 목걸이로 알아볼 수 있는 데 그 목걸이가 지금 눈앞에 경매장에 나온 거다.

'저 물건의 가치를 알아 볼 수 있는 사람이 있을까?'

이곳에는 없을 거다.

하지만, 펜릴이 호들갑을 떤 게 마음에 걸린다.

신의 눈을 속일 수 있다는 건, 신이 정한 운명에서 벗어날 수 있다는 거다. 완전한 수명을 받는다는 거와는 다르다. 펜릴이 불사의 초를 완성시켜 절대 늙지도 않고 죽지도 않는 몸이 되었을 때, 그때 필요하게 된다. 신은 어떻게든 자신이 정한 운명과 굴레를 벗어난 인간을 자기 뜻대로 간섭하려 들 거다.

하지만, 스펙터의 목걸이만 있다면 신이 정한 굴레를 완벽하게 벗어나 자신의 뜻대로 살아갈 수 있다.

"자! 지금부터 경매 시작하겠습니다. 시작가는 50만 실링입니다."

목걸이 하나 치고는 가격이 제법 비싸다. 아무리 봐도 비싸 보이는 물건은 아니다. 펜릴은 팔짱을 끼고 아예 참가하지 않겠다는 자세로 있었다.

보잘 것 없어 보이는 목걸이다.

"50만 실링! 정말 없습니까?"

스펙터의 목걸이를 원한다는 건, 신의 눈을 피하겠다는 뜻이다. 하지만, 그 목걸이가 가진 진정한 능력을 알고 있는 사람이 이 경매장이 몇 명이나 될까.

저 목걸이를 원한다는 건 그 사람이 링커라는 거고, 그 존재에 대해 알고 있다는 거다.

펜릴이 진정으로 궁금한 건 자신이 알고 있는 정보를 과연 이 대륙에 몇 명이나 알고 있을 까다.

지금껏 불사의 초는 그저 하나의 물건이라고 생각했다.

초(草).

풀을 얘기하는 단어지만, 사실 사람들 대부분은 불사의 초가 완전한 풀의 모습을 보이진 않을 거라 믿었다. 그렇다면 이 대륙에 존재하는 누군가가 분명히 발견했을 테니까.

펜릴이 그 다음에 알아낸 사실은 불사의 초는 총 5가지의 성물로 이루어져있다는 것!

그 중 하나라도 없으면 불사의 초는 완성되지 않은, 미완성 상태가 된다.

클리드가 이 사실을 알아냈다는 것.

하지만, 어디를 봐도 클리드 하나만 이 사실을 알고 있는 거라곤 알 수 없다.

클리드가 알아냈다는 것은 누군가도 이와 같은 사실을 알고 있을 거라는 것을 전제해 둬야 한다.

링커는 많고, 그것에 대한 연구는 굉장히 활성화가 되어 있는 상태다.

사회자가 손을 내리려는 찰나, 펜릴이 손을 위로 올렸다.

"50만."

경매가 시작하자마자 손을 들어 올리는 행위는 나는 저 물건이 탐이 난다라고 광고하는 꼴이다. 마지막으로 손을 올려서 심각한 고민 끝에 구입을 하겠다는 뜻으로 내비치는 게 좋다.

"50만 나왔습니다! 다음 분? 다음 분계십니까?"

그러자 한쪽에서 조용히 누군가 손을 들어 올린다.

"60만."

펜릴이 인상을 찡그렸다.

저 물건을 처음에 보고 자신이 했던 행동에 후회가 가기 시작한다.

이곳에 모인 자들은 전부 '전문가'라고 할 수 있는 자들이다.

물건에 가치를 모르는 사람이라면 경매장에 올 자격도 없다.

스펙터의 목걸이?

분명 이곳에는 저 목걸이가 과연 무엇이길래 50만 실링이나 할까라는 생각을 할 수도 있다. 바깥에 나가면 저것보다 좋은 목걸이를 더 싼 가격에도 구입할 수 있다. 경매장에서 까지 그런 가격에 구입할 필요가 없다는 거다. 그런데 이 경매장에 무려 50만 실링으로 시작하는 경매가에 호기심이 가는 건 당연하다.

이유가 있으니까, 그 가격에 나왔겠지.

이렇게 해서 물건을 구입했는데, 꽝인 경우는 아주 많다.

그러면 손해를 보는 거다.

어떤 경매인들이라고 해도 이득만 취하는 장사는 없다.

혹은 구입해놓고 가치를 못 알아본다거나.

스펙터의 목걸이는 분명히 인기 있는 품목이라고 생각하기는 어렵다.

언데드가 차고 다니는 목걸이를 누가 좋아하겠는가.

이곳에 모인 경매인들은 죄다 스펙터의 목걸이를 보고 그런 생각을 할 거다.

Go를 외치며 위험을 안고 가겠느냐.

이대로 안전하게 stop하느냐.

물론, 펜릴은 Go다.

"70만."

가볍게 가격을 올려 본다.

"80만."

무섭게 뒤따른다.

펜릴은 돈이 없는 편이 아니다.

그래도 지금까지 모아놓은 돈이 제법 된다.

특히나 칼루스를 벗어날 때 펜릴을 덮쳤던 링커들은 가격이 굉장히 비쌌다.

"90만."

펜릴이 곧바로 뒤따랐다.

그러자 그 사람은 손을 더 크게 들어 올렸다.

"200만."

"200만! 200만 나왔습니다."

사람들의 이목이 펜릴을 향해 집중된다.

'어쩔 수 없다.'

여기까지 온 이상 펜릴과 저 사람의 경쟁이다. 누구든 뒤따라올 수 없게 된다.

이건 이 모습을 지켜보는 사람들에게 묘한 경쟁심과 재미를 일으킬 거다.

"300만."

사람들 사이에서 잠시 소곤소곤 말이 많아진다.

사회자는 더 열정적으로 목청껏 부른다.

"300만 나왔습니다. 300만!"

펜릴은 덤덤한 표정으로 다음을 지켜봤다.

조금 주저하는 모습이다.

'이겼다.'

여기까지 왔으니 이겨야 한다. 물러설 수가 없다. 묘한 심리가 압박을 해 온다.

'들지 마, 들지 말라고.'

하지만, 펜릴의 생각과는 다르게 그는 생각을 끝낸 듯 손을 들어 올린다.

"500만."

50만으로 시작했던 가격이 10배나 뛰었다. 이게 경매장이다.

펜릴은 손을 들어 올릴 수 없었다.

"빌어먹을."

더 이상 감당할 수 없는 금액이다.

펜릴이 소지하고 있는 돈을 이미 훌쩍 넘었다.

"자! 더 이상 참가하실 분 없습니까?"

사회자가 주변을 두리번거린다.

그러더니 잠시 후, 망치로 두 번 쾅쾅 내리쳤다.

"낙찰되었습니다. 축하합니다."

펜릴은 씁쓸한 미소로 박수를 쳤다.

'겼다.'

펜릴은 돈을 지불하고 자기가 낙찰 받은 아다만티움을 손에 쥐고 망령의 에너지를 집어넣었다.

'역시……'

붉게 물드는 광물.

망령의 에너지의 장점이라면 철이나 미스릴, 뭐 가리는 게 없다는 거다. 아다만티움이 인기가 없는 이유는 철보다 단단하기만 할 뿐, 마나를 전혀 담지 못하기 때문이다.

망령의 에너지가 아다만티움의 성질을 넘어서 그 능력을 발휘할 수 있으니 펜릴에겐 아다만티움이나 미스릴의 차이는 느낄 수 없다. 아니, 오히려 아다만티움이 더욱 단단하니 오래 사용할 수는 있을 거다.

'그건 그렇고……'

펜릴의 눈은 스펙터의 목걸이에 향한다.

그것을 향한 진한 아쉬움이 묻어난다.

하지만, 방법이 없는 건 아니다.

예를 들어서 펜릴이 얻었던 검은숲의 붉은 열매.

그 붉은 나무는 하나 밖에 없는 거라고 말할 순 없다.

불사의 초는 이 세상에 단 하나라고 말 할 수 없는 이유를 클리드의 자료에서 볼 수 있었다.

붉은 나무는 몇 년에 한 번 검은숲에 해가 강하게 뜨는 날, 그 기운을 받은 나무가 붉게 변하고 열매를 가지게 된다. 그리고 시간이 지나면 그 나무는 다시 검게 변하고 다른 나무가 붉게 변한다.

열매는 하나가 아니다. 시간이 지나면 또 얻을 수 있다.

그런 것 처럼, 실제로 라트라의 여왕이나 트론왕의 날개도 그렇고 모두가 단기간에는 아니더라도 시간을 두고 모으기 시작한다면 충분히 도달할 수 있는 목표다.

라트라의 여왕이 죽는다고, 라트라들이 여왕이 없는 채로 살까? 또 다시 여왕을 추대하며 살아갈 꺼다.

트론의 왕을 죽인다고 트론의 왕이 영원히 없는 게 아니다. 언젠가는 선택받은 어떤 트론이 왕이 될 거다.

스펙터의 목걸이도 시간을 두고 수집한다면 충분히 얻을 수 있다는 얘기다.

그렇기 때문에 불사의 초는 하나라고 말할 수 없다.

그저 여러 개를 모으는 것이 시간이 걸릴 뿐.

"나갑시다."

펜릴은 문 앞에서 기다리는 안내인을 찾아 바깥으로 나갔다.

스펙터의 목걸이를 일단 봤으니 경매장이 상상 이상으로 퀄리티가 높다는 것도 알 수 있었다.

'더한 것도 구할 수 있을까.'

라트라 여왕의 심장.

트론 왕의 날개.

크라켄의 쓸개.

아무리 생각해도 혼자서는 구하기 힘든 물건이다.

라트라도 힘든데, 라트라 여왕까지. 펜릴은 이번기회에 라트라들에게 여왕이 있다는 것을 처음 알았다.

트론 왕의 날개도, 크라켄의 쓸개도 그렇고 모두가 한 가지씩 특별한 능력을 보유하고 있는 것 들이다.

펜릴은 경매장을 힐끔 쳐다봤다.

이번 기회에 똑똑히 알았다.

불사의 초를 찾는 건 펜릴 뿐만이 아니라는 것.

그리고 그 성물이 무엇인지 알고 있는 사람도 제법 있다 는 걸.

◆

"예, 예상대로 있었습니다. 오늘 스펙터의 목걸이를 노 린다는 녀석이."

남자는 한 남자에게 낙찰 받은 스펙터의 목걸이를 넘겨 주었다.

"얼굴은?"

"경매장 안은 가면 때문에 상대방의 얼굴을 확인하기 쉽지 않습니다. 다만, 여자는 아니고 남자 인 듯싶습니다."

가면으로도 가릴 수 없는 것들은 있다. 예를 들어, 골격이라던가 눈동자라거나, 혹은 입술.

드러나는 모습만 봐도 남자인지 여자인지 구별하는 게 어렵지는 않다.

경매장에 변장을 하고 나타나는 사람은 없을 거다. 그렇다면 남자인 건 확실하다.

"녀석들의 끄나풀인 녀석이로군."

"저도 그렇게 생각합니다."

"좋다. 이번 기회에 그 녀석을 붙잡는다. 또한 녀석이 어디에 본거지를 두고 있는 것 까지 알아낼 수 있는 기회다."

"예."

"놈의 사지를 자르고 내 앞으로 데려와라."

남자의 말에 앞에 있던 남자가 고개를 푹 숙였다.

"알겠습니다, 주군."

몬스터 링크

monster link

캔슬러

NEO FANTASY STORY

갠슬러
monster link

　　마수들을 사냥하다보면 가끔 그런 경우가 있다. 마수들을 쫓고 있는 데, 뒤가 굉장히 간지러울 때. 그런 경우는 억지로 참고 참다가 머리를 한 번 긁곤 하는데, 그게 시원스럽지가 못하다.

　　펜릴은 그런 경우가 오면 마수를 추적하는 걸 포기한다.

　　자신도 누군가에게 추적당하고 있다는 걸 알아차린 것이기 때문이다.

　　숲은 그렇다.

　　누구나 사냥감이 누구나 사냥꾼이 될 수 있는 곳.

　　특히나 사냥에 성공했을 때가 가장 위험하다. 그만큼 긴장이 풀리는 때도 없기 때문이다.

펜릴은 굉장히 머리가 간지러웠다. 손가락을 들어 뒷머리를 긁어도 간지러움이 남아있는 걸 보면⋯⋯.

'누군가 오는 군.'

이런 경우에는 얌전히 집으로 되돌아가기는 글렀다.

첫 번째.

흔적을 지워야 한다.

하지만, 이곳은 대도시다. 흔적을 지운다는 것 자체가 웃긴 일이다. 펜릴이 지나간 자리를 누군가 지나갈 거다. 그러면서 완벽히 흔적은 지워진다.

이런 경우에 중요한 건, 내가 상대방에게 너의 존재를 알아 차렸으니 빨리 멀리 도망가 버려. 라고 표시를 주면 안 된다는 거다.

펜릴은 적어도 상대방이 누군지 정도는 궁금했다.

'경매장에서부터 날 쫓아오는 자들이다.'

경매장에서 펜릴은 딱히 접점이랄 건 없었다.

아니, 하나 있을 지도.

'스펙터의 목걸이?'

그런데, 쫓는 게 정 반대로 된 것 같다.

펜릴이 물건이 탐났으면 오히려 그 자들을 쫓아 빼앗을 텐데 펜릴은 그 물건을 얻지 못했다. 지금은 오히려 얻은 놈들이 성을 내는 경우가 아닌가?

펜릴은 망령의 에너지를 뿜어대며 감각의 영역을 조금

더 확장시켰다.

'당장 날 보는 놈들은 다섯.'

마나까지 지울 수 있을 정도로 제법 실력이 뛰어난 자들이다.

'싸움만큼은 피하고 싶은데.'

펜릴이 지금 들고 있는 거라고는 허리춤에 차고 있는 단한자루의 마체테.

나머지 하나는 라트라 때 이미 부셔졌고, 등에는 가방을 매고 있어서 활도 챙기지 않았다.

아직까지 씨스톤의 팔은 적응중인 상태다. 이런 식으로 이른 시간에 깨워서 적응할 시간도 없게 만들고 싶지는 않다.

'젠장, 그것 말고도 시끄럽단 말야.'

말이 많은 녀석이다.

성격이 아주 고약하다.

싸움이 벌어진다면 웬만해서는 마체테 하나로 승부를 할 수 있으면 좋다.

'적당한 곳이 있지.'

아무리 제도가 넓다 한들, 숲이 있는 건 아니다. 그나마 가장 펜릴을 안전하게 숨겨줄 수 있으면서 사람이 적은 곳.

공원.

경매장이 열리는 시간은 새벽이다.

지금 이 시간의 공원은 사람이 없다.

펜릴은 서서히 손을 허리춤에 가져갔다.

상대편에 많다면 첫 번째 수에 어떻게든 한 명의 목숨을 가져가야 한다.

그래야 상대방은 펜릴을 향한 공포심을 만들 수 있다.

싸움은 숫자로 하는 게 아니다.

기세로 하는 거다.

스산한 기운이 감도는 공원 안으로 진입한 펜릴은 발걸음을 재촉했다. 공원은 생각했던 사람이 없다.

'다섯이 아니로군.'

공원 안에 진입하는 자들과 그 바깥에 있는 자들까지 하면 스물은 될 것 같다.

'스무 명이라……'

가볍게 목 부분을 풀었다.

펜릴은 마체테를 순식간에 꺼내들더니 자신의 뒤를 따르는 자들을 향해 빠르게 내려쳤다.

"어……?"

펜릴은 마체테를 멈췄다.

상대방의 목 앞에서.

참으로 절묘했다. 조금만 늦었어도 앞에 있는 사람은 펜릴의 마체테에 단숨에 목이 날아갔을 거다. 이미 마체테는 망령의 에너지 때문에 붉게 물들어 있는 상태였다.

멈춘 이유는 간단하다.

아는 얼굴이기 때문이다.

검은숲에서 동고동락하며 펜릴과 부딪혔던 그 인물 중 하나다.

"바스티안 경?"

오르도 자작의 측근이다. 그 사람이 펜릴을 쫓고 있었다.

바스티안이 공격을 당하자 순식간에 나머지 인원들이 펜릴의 주위를 감쌌다.

펜릴은 마체테를 내렸다. 바스티안도 펜릴의 얼굴을 확인하고는 잠시 인상을 찡그렸다.

"자네가 여길 어떻게……."

"제가 묻고 싶은 말입니다. 왜 바스티안경이 제 뒤를 노리는 지 말입니다."

바스티안의 얼굴을 봤을 때, 펜릴임을 모르고 있었던 것 같다.

"여기서 할 얘기는 아닐 것 같으니 일단 따라오게. 우리는 주군께 자네를 데려오라는 명령을 받았어."

바스티안의 주군이라면 오르도 자작이다.

펜릴은 고개를 끄덕였다.

적어도 오르도 자작이라면 믿을만한 사람임은 맞다.

"알겠습니다."

◆

저택이다.

크기가 크지 않아 집사나 관리인은 딱히 필요가 없을 정
도.

야간이기 때문에 불은 꺼져 있다.

바스티안은 정문을 열쇠로 열고 펜릴을 안내했다.

여러 사람이 사용한 흔적들이 보인다.

바스티안을 비롯하여 오르도 자작, 그 외에 여러 사람들
이 사용하는 곳 인 듯 싶었다.

펜릴은 아무 것도 묻지 않았다. 어차피 바스티안은 아무
런 대답도 하지 않을 거다. 중요한 부분은 오르도에게 가
서 물어보면 될 거다.

'오르도 자작이 나섰다는 건, 황제가 나섰다는 건가? 황
제가 불사의 초에 대하여 알고 있는 건가?'

오르도는 황제의 측근이다. 황제가 시킨 일이기 때문에
오르도가 나서는 일이라고 생각 된다.

하지만, 그런 것 치고는 일이 조금 허술한 감이 없잖아
있다.

검은숲에서 오르도는 붉은 나무가 맺은 사과에 대해서

전혀 모르는 것 같았다. 오히려 붉은 나무가 가지에 열었던 열매에만 정신이 팔려 있었던 것도 사실이다.

그렇다는 건 아직까지 불사의 초가 정확히 뭔지 모를 가능성은 크다.

'그럼, 왜 스펙터의 목걸이를 구매한 거지?'

스펙터의 목걸이는 불사의 초를 원하는 자들이 아니라면 딱히 필요가 없다.

"저 방에 계시네."

생각할 시간은 끝났다.

저택 안에서도 복도 끝에 있는 방.

펜릴 대신 바스티안이 노크를 두 번 똑똑 했다.

"데리고 왔습니다."

끼익! 하는 소리와 함께 문을 열자 뒷짐을 쥐고 창문을 보고 있는 오르도의 뒷모습이 보인다.

이미 이 창문으로 펜릴이 정원을 통해 안으로 들어오는 모습을 봤을 거다.

"앉지."

바스티안은 고개만 살짝 숙이고는 곧바로 방을 나갔다.

방 안에는 오로지 펜릴과 오르도.

바깥에는 기사 십 수 명이 진을 치고 있다.

"오랜만이군."

검은숲 이후로는 처음이다.

황제가 보고 싶다는 이유로 펜릴을 데려가려 했던 오르도 때문에 칼루스에서 곧장 도망쳐버렸다.

클리드를 만나고, 씨스톤의 팔, 에이미. 등등.

그 중간에 많은 일들이 있었던 것 같다.

흘러 흘러 제도까지 오게 되었지만 설마 이곳에서 오르도와 다시 만나게 될 줄이야.

"예."

대답은 간단하다.

오르도는 손에 목걸이 하나를 들었다. 탁한 진주를 가진 목걸이.

펜릴이 사려고 했던 스펙터의 목걸이다.

신(神)의 눈을 속일 수 있는.

가장 쓸모없으면서도 가장 필요한 것이기도 하다.

능력만 본다면 사실 가장 떨어진다.

5가지의 성물은 각각의 뛰어난 능력을 보유하고 있다.

펜릴이 가지고 있는 붉은 에너지를 가진 열매도 그랬고, 트론왕의 날개는 뛰어난 항마력을. 라트라여왕의 심장은 엄청난 수명과 생명력, 크라켄의 쓸개는 잠식을 제어할 수 있는 능력을 가지고 있다.

그렇게 따진다면 스펙터의 목걸이는 사실 신의 눈을 속일 수 있다는 것 말고는 쓸모가 없기도 하다. 눈으로 보이거나 피부로 느껴지는 것이 아니기 때문이다.

"단도직입적으로 묻지. 혹시 '캔슬러'인가?"

오르도가 묻는다.

펜릴은 다소 대답을 망설인다.

'생각할 시간이 필요하다.'

캔슬러라는 것은 처음 듣는 이야기다.

하지만, 생각했던 것들을 종합해보자면 이 스펙터의 목걸이는 캔슬러와 관련이 있다.

캔슬러와 관련이 있다는 것은, 오르도 즉. 황제 측과 그다지 사이가 좋아 보이지는 않는다는 거다. 오르도는 황제의 명령을 받고 캔슬러라는 작자를 잡기 위해 함정을 파둔 거다.

그 함정에.

'내가 걸린 거군.'

미끼를 뿌렸는데, 엉뚱한 놈이 걸린 거다.

이럴 때는 펜릴은 자신이 캔슬러. 즉, 그들이 찾는 존재와는 다르다는 것을 보여줘야 한다.

"아뇨."

여기서 끝내서 안 된다.

펜릴은 저들을 설득해야 되는 입장이다.

'나는 캔슬러가 아니다.'

라고.

펜릴이 분명히 여기서 억울한 입장에 처한 건 맞다. 하지만, 이걸 논리나 정황상으로 풀어서는 안 된다.

순순히 따라오긴 했지만, 그랬던 이유는 싸움을 피하고 싶었던 것도 있고 바스티안이나 오르도를 믿기 때문이기도 하다.

이들을 믿는다면 과감 없이 설명을 하는 게 맞다. 이들은 펜릴을 지금 의심하고 있는 거다.

씨스톤의 팔을 사용해서 여기서 날 뛰어봤자 펜릴에게 좋을 건 하나도 없다.

잠식이 빨라질 뿐.

몸이 한 번 크게 틀어지게 되면, 첫 단추를 잘못 끼면 되돌아가는 게 정말 어렵다.

게다가 링커에게 있어, 되돌아가는 것 따위는 애초부터 선택지에 없다.

"제가 말씀드릴 수 있는 건 그저 그 물건이 저한테 반드시 필요하다는 것뿐입니다."

"왜?"

불사의 초에 대한 정보를 넘길 생각은 추호도 없다.

그건 다름 아닌.

'내거니까.'

자기 것을 공짜로 넘기는 경우는 없다.

게다가 오르도와 펜릴의 사이가 그런 사이는 아니지 않은가.

오르도와 아무리 검은숲에서 동고동락한 사이라고 해도

불사의 초에 대한 정보가 퍼지는 것은 그다지 원하는 결과가 아니다. 게다가 황제가 알아버린다면, 황제는 무슨 수를 써서라도 불사의 초를 손에 넣기 위해 대륙을 이 잡듯이 뒤질 거다.

그것만큼은 최대한 피해야 한다.

5가지의 성물을 모으는 일은 1년 2년 안에 끝낼 수 있는 일들이 아니다.

황제가 개입을 해버린다면, 한 번 두 번이 아니라 수 십 년 동안 펜릴은 죽을 때 까지 얻지 못할 가능성이 커진다.

다만, 여기서 얻은 정보는 '캔슬러' 라는 곳이나 혹은 사람이 존재하고, 그들이나 그가 스펙터의 목걸이를 노린다는 것.

그건.

'불사의 초에 대한 정보가 있다는 거다.'

캔슬러라는 곳에.

불사의 초를 노리는 자들이 또 있다면 이건 굉장히 복잡해진다. 이미 그들은 몇 가지를 모아뒀을 수도 있다.

'날 떠보는 건가?'

오르도나 황제는 불사의 초에 대한 정보를 완벽히는 모르는 것 같다.

펜릴이 링커라는 건 그들도 알고 있다.

링커가 불사의 초를 찾는다는 건 당연하다.

그런데 불사의 초의 성물 중 하나인 스펙터의 목걸이를 필요로 하는 펜릴에게 왜 필요한지, 의문을 갖다니?

'캔슬러는 불사의 초에 대한 정보를 가지고 있지만, 황제는 잘 모른다. 하지만, 캔슬러가 스펙터의 목걸이를 원한다는 걸 알고 있다는 걸로 보아서는 그곳에 첩자라도 심어놓은 건가?'

오르도가 믿을 만한 자라고는 해도, 황제의 명령을 받는 이상 그를 100퍼센트 신뢰할 수 있는 건 아니다.

황제는 불사를 꿈꾼다.

불사를 꿈꾸는 이상 펜릴과 같이 이상적인 길을 걸을 수는 없는 법이다.

이미 노리는 것이 같다면, 둘은 다른 길을 걸어야만 한다.

'스펙터의 목걸이가 불사의 초와 어느 정도 관련이 있다는 건 알겠지. 그러니까, 나에게 정보를 묻는 것일 테고.'

펜릴이 캔슬러일 수도 있고 혹은 아니더라도 그 정보에 대해서 알게 되는 일이다.

대화는 오고가지 않았다. 그런데 이런 많은 정보들이 두 사람의 머릿속에서 오고간다.

숨 막히는 대화다.

펜릴은 머리가 핑! 하고 돌아버릴 것만 같은 순간이다.

적어도 이들에게 나는 적이 아니다! 라는 걸 밝히고, 불사의 초에 대한 정보도 넘기지 않는 방향으로 대답을 해야 한다.

눈알이 굴러가는 걸 가까스로 막았다.

'내가 생각하고 있다. 뭔가 만들어내고 있다는 인식을 심어줘서는 신뢰를 줄 수 없다.'

펜릴은 천천히 입을 열었다.

◆

"제가 좋아하는 물건이니까요."

뭔가 변명거리를 만들고 있다는 것은 안 된다.

펜릴이 그렇다면 저들이 찾고 있는 '캔슬러'가 아니라는 확신을 심어 주어야 한다.

그리고 이 스펙터의 목걸이가 불사의 초의 5가지 성물 중 하나라는 것도 밝혀선 안 된다.

펜릴이 생각할 수 있는 대답은 솔직히 하나뿐이다.

"그걸 말이라고 하나?"

오르도가 담담한 표정으로 묻는다.

하지만, 오르도의 이미지는 냉혈한이다. 그 얼굴로 펜릴을 쳐다보고 있더라면 누구나 오금이 지린다. 게다가 펜릴은 씨스톤의 팔을 지니고 있다고 하더라도 오르도를 완벽하게 이길 자신이 없다. 각성을 하고 팔을 드는 것 보다 칼을 뽑고 단숨에 목을 날리는 오르도가 훨씬 빠르다. 망령도 각성되지 않으면 펜릴을 지키지 않는다.

"제가 사냥꾼이라는 사실을 잊으셨군요."

펜릴이 내세울 수 있는 솔직한 한 가지.

마수 사냥꾼.

펜릴은 일전에 그들에게 자신이 사냥꾼이라는 사실을 얘기한 적이 있다. 그렇기 때문에 후방 부대에 펜릴을 길잡이로 세운 거다.

이들은 사냥꾼에 대한 지식 자체는 전무하다.

표면적으로 드러난 이미지를 보고 유추할 뿐이다.

가죽이나 전리품들을 판매하고, 돈을 챙기는.

숲에 능하고 흔적을 잘 찾는.

솔직히 펜릴의 겉모습만 봐도 그런 냄새가 물씬 풍긴다.

제도에 와서도 펜릴은 가지고 있는 옷들이라고는 숲에서 입고 있던 것들 밖에는 없다.

그렇기 때문에 펜릴의 말은.

'설득력이 있게 들린다는 거지.'

다음 나올 오르도의 질문은 뻔하다.

"이 목걸이로 사냥을 한다고?"

모르는 분야니까.

결국 물어볼 수밖에 없게 되는 거다.

이 순간부터 대화의 주도권은 펜릴이 고스란히 뺏어온
다.

"네."

"스펙터는 실체가 없는 몸 일 텐데? 스펙터와 관련된 전
리품을 사는 자들이 있나?"

확실히 스펙터는 실체가 없다.

사람의 손으로는 만질 수 없다. 검도 통하지 않는다. 오
로지 잡을 수 있는 방법은 마법이나 신관들의 힘을 이용해
야 한다는 거다.

"스펙터는 영혼일 뿐입니다. 전리품을 사는 사람도 없
죠."

"그런데?"

"싫어하는 자들은 있습니다."

스펙터들은 오래 된 묘지 근처에 나타난다. 혹은 전쟁터
에서도 모습을 드러낸다.

그들이 모습을 드러내면 누구나가 싫어한다.

간단하게 생각하면 전리품을 내다 파는 것이 아니라 용
병들 처럼 '의뢰'를 맡는 식이다.

스펙터를 처리하거나 이 근처에서 추방해달라는.

"실체가 없다고 하여서 못 잡는 건 아닙니다. 적어도 마
수 사냥꾼이라는 직업을 가지고 있는 작자들이라면 그 정
도는 전부 알고 있습니다."

마수사냥꾼이라고 특별한 게 아니다.

제일 간단한 방법은 마나연공법을 극의로 익혀서 검에 마나를 실어 넣는 거다. 그런데, 그 정도 되는 마수사냥꾼 들은 극히 일부에 지나지 않는다.

대외적으로 알려진 방법은 마법사나 신관을 대동하고 간다거나, 신관들의 힘이 깃든 성수를 이용하는 방법.

펜릴이라면 망령의 에너지나 혹은 씨스톤의 팔을 이용 할 수 있다. 씨스톤의 팔은 실체를 현실로 끄집어 낼 수 있 는 능력을 가지고 있다.

'씨스톤의 팔을 완벽하게 사용하기 위해서는 마체테 보 다는 주먹에 조금 더 익숙해져야 돼. 시간이 되면 바닷가 에 갈 필요도 있고.'

현명한 작자라면 바닷물을 항시 가지고 다니는 것이 좋 을 거다. 바닷물에 닿기만 해도 씨스톤의 팔은 곧바로 재 생을 할 테니까.

마체테나 활을 사용하는 게 익숙하기는 해도 주먹질에 조금 더 공부를 할 필요가 있다. 현재의 펜릴의 주력 공격 은 전부 팔에서 이루어진다. 최상급의 마수를 달고 있다고 해도 그걸 사용하지 못한다면, 돼지 목에 진주 목걸이. 그 이상도 이하도 아닐 뿐이다.

'효율적으로 최고의 능력을 뽑아내야 한다. 그러기 위 해서는 조금 더 씨스톤의 팔에 적응할 시간도 필요해.'

그러기 위해서는 일단 이 의심을 지우고 여기를 빠져 나가야 한다.

오르도는 표정의 미동이 없다.

'믿는 건가?'

별 수 없다.

이미 이 대화는 펜릴에게 유도 되었다.

적어도 오르도가 알아낸 것 보다 펜릴이 알아낸 것이 많은.

알토란같은 대화였다고 볼 수 있다.

게다가 그 방법이라는 것에 마수 사냥꾼들만의 영역으로 벽을 쳐 버렸다.

이제 그 장벽을 뛰어 넘는 건 무리다.

남은 건.

펜릴의 표정을 샅샅이 살피는 거다.

"거짓말을 하는 건 아닌 것 같군."

펜릴은 어떠한 표정 변화도 없었다.

방금 전 경매장에서의 실수를 이미 뼈저리게 통감하고 있기 때문이다.

'오히려 그랬기 때문에 지금 다행일 수도 있고.'

펜릴은 표정 관리를 못하는 사람. 이라고 생각 되었을 지도 모른다.

그렇다면 어떠한 표정 변화도 없어 보이는 펜릴에게 의심 보다는 신뢰가 갈 것 같다.

"의심해서 미안하네. 사안이 사안인 지라. 바쁜 사람 귀찮게 군 건 아닌가 모르겠군. 그래도 오랜만에 만났는데 이런 대화밖에 못하고 보내는 나를 용서하게."

그때야 펜릴은 미소를 짓는다.

"아닙니다."

오르도가 악수를 한다. 펜릴은 살며시 붙잡고 가볍게 흔들었다.

이 대화의 승리는 펜릴이 거두었다.

빼앗긴 것은 없고 얻은 것은 많다.

'하지만, 그렇다 해도 정보가 너무 부족해.'

적어도 어느 싸움의 태풍의 눈이 되지는 못했다.

경매장에서 오르도는 함정을 파놨다. 그리고 상대방은 함정에 걸리지 않았다.

그렇다면 이 '경매장' 자체가 '황제' 혹은 '황실'에서 운영하는 것이 아닐까라는 추측을 해본다. 그들은 비밀리에 활동을 하고 모든 것이 베일에 쌓여있다. 그렇게 본다면 어느 정도 황실과 관련이 있을 지도 모른다는 생각이 든다.

펜릴은 지금 아는 게 거의 없다. 아는 것이 없으면 얻을 수 있는 것도 없다.

펜릴이 모르는 사이에 이미 치열한 싸움은 시작 되었다. 지금은 정보를 바탕으로 하고 있는 그런 싸움.

"잘은 모르지만, 도움이 된다면 돕고 싶습니다. 칼루스에서의 일도 있고."

펜릴은 황제의 명을 거부하고 줄행랑을 쳐버렸다.

오르도가 그 때문에 굉장히 난감해했던 것은 사실이다.

뭐, 도망간 사람을 붙잡을 수도 없는 노릇이고.

펜릴이 도움을 주고 싶다는 건 다 헛소리다.

누구 좋으라고 황제한테 불사의 초를 안겨주겠는가.

누누이 얘기하지만 펜릴은 황제가 어떻게 되든 상관할 바가 아니다. 그가 벽에 똥을 칠하든 술을 먹고 길가에 토를 했든 간에 그건 펜릴과는 상관이 없는 일.

'불사의 초를 넘겨줄 수는 없다.'

불사의 초를 완성하기 위해서는 저들이 가지고 있는 스펙터의 목걸이가 반드시 필요하다.

펜릴이 오르도가 던진 미끼에 잘못 걸린, 물고기라면.

이번에는 펜릴이 미끼를 던진 거다.

그 미끼는 도움.

황제가 알고 있는 정보. 그리고 불사의 초와 관련된 치열한 전투들.

펜릴은 그게 필요하다.

그 미끼를 물 것 인지 물지 않을 것인지는 오르도가 내릴 결정이다.

그리고 의심.

펜릴이 던진 미끼는 오르도가 던진 미끼와는 다르다.

펜릴의 낚시대에는 두 가지의 미끼가 걸려 있었다.

오르도처럼 군에서, 그리고 황제의 곁에서 일하는 자들의 특징은 '의심'이 많다는 거다. 지금 당장 펜릴에게 신뢰를 보내지 않는 이유도 그거다. 의심이 많은 자는 멀리서 두고 보는 게 아니라 '가까이서' 봐야 한다. 그래야 그를 유심히 살펴볼 수 있게 된다.

군이나 정치라는 것이 워낙 앞에서 보이는 칼 보다는 뒤에서 보이는 칼에 당하는 경우가 많다보니 저절로 의심이 생길 수밖에는 없다.

"그래준다면 나야 고맙겠군."

펜릴은 미소를 지었다.

의심이 가기 때문에 펜릴을 가까이서 더 두고 볼 거다.

적어도 펜릴의 능력만큼은 의심할 필요는 없을 거다.

이미 검은숲에서 지켜본 것들이 있을 테니.

하지만, 그때부터 펜릴은 베일에 싸인 인물이었을 거다.

그리고 마침 이때 갑자기 나타난 링커라니.

더더욱 곁에 두고 의심이 풀릴 때 까지 지켜볼 수밖에.

펜릴과 오르도는 동시에 악수를 풀었다.

"제가 묵는 곳은 바스티안 경에게 이야기를 해 두겠습니다. 언제든지 시간만 되신다면 찾아오시지요."

"그리하지."

"가보겠습니다."

펜릴은 고개를 숙이고 등을 돌렸다.

펜릴을 동지로 삼기 위해서가 아니라 감시하기 위해서.

펜릴은 황제의 정보와 현재 싸움의 태풍의 눈이 되기 위
해서.

각자의 이익을 위해서 손을 잡았다.

물론, 이 싸움은.

'내가 이겼다.'

등을 돌린 펜릴의 입가에 미소가 번진다.

◆

저택을 나오는 펜릴은 그날 부로 클리드의 집에 가는 건
철저하게 금지했다. 이제 펜릴의 뒤에는 감시가 시작 된
다. 작은 것 하나라도 꼬투리를 잡힌다면 끝장이다.

어설프게 클리드의 집에 가서 흔적이라도 지우겠다고
찾아 간다면 의심을 받을 수도 있다.

'다행이군. 마침, 지하실은 폐쇄했으니까.'

계속 구멍이 뚫린 채로 내버려 둘 수가 없어서 이미 수
리를 끝내놓은 상태였다. 뿐만 아니라 항상 그 집을 나올
때는 펜릴은 흔적이란 흔적은 모두 지워버린다. 라크와 티
라가 사용했었던 흔적까지 모조리 다 지웠다.

아주 조그마한 흔적까지도 내버려두어서는 안 된다. 그런 작은 것들이 결국 증거가 되고 꼬투리가 된다.

펜릴은 슈마이켈 대장간과 가까운 여관에 방을 잡았다. 그리고 그 위치를 바스티안에게 일러주었다.

방값은 비싸지만 펜릴은 아예 한 달 값을 냈다.

방은 1인실.

아담하고, 3층이다.

1층은 주점으로 식사를 할 수 있는 곳이고 3층 보다는 2층에 방을 잡은 사람들이 많다.

펜릴은 2층에서 3층으로 올라오는 계단에서 바로 보이는 방과, 복도 끝방 그 중간을 잡았다.

복도 끝방을 잡으면 괜한 공격을 받을 수도 있고, 계단에서 바로 보이는 방은 복도 끝과 거리가 멀어 탈출하기에 용이하지 않다.

철저하게 계산된 선택이었다.

마치 처음부터 이런 일을 겪을 지도 모른다는 생각을 철저하게 하지 않으면 불가능한 일들이다.

펜릴은 머리를 긁적였다.

남들은 이상하게 생각할지 몰라도 이건 아주 당연한 거다.

사냥꾼이 도망갈 길을 미리 생각해두지 않는다?

그건 미련한 일이다.

사냥꾼이 언제나 사냥꾼이 될 수는 없는 거다.

숲에서 만큼은 어떤 동물이든 평등하다.

그것이 인간이 되었든, 한낱 토끼가 되었든.

퇴로가 없으면 펜릴은 공격도 하지 않는다.

이건 영감이 철저하게 가르쳤던 거다.

철저하게 계산된 사냥을 하지 않으면 언젠가는 죽을 거라고.

펜릴은 곧바로 그곳에 짐을 풀 것도 없이 해가 뜨자마자 슈마이켈의 대장간으로 달려갔다.

2층으로 올라가는 계단 앞에 가자 멜빵바지를 한 소녀가 펜릴을 또렷하게 쳐다본다.

'노아.'

나이는 어리지만 보는 눈은 있다.

눈이 좋다는 것.

이건 참으로 장점이 될 수밖에 없다.

그녀는 슈마이켈에게 안내를 할 만한 자인지, 혹은 아닌지 그녀의 눈으로 판별을 한다.

물론, 펜릴은 자격이 있다.

슈마이켈과 체스까지 둔 사이니까.

"올라가세요."

미리 얘기가 된 상황이다. 펜릴은 고개를 살짝 끄덕이고 드디어 계단을 밟고 2층으로 올라갔다.

터벅터벅 위로 올라가자 슈마이켈의 개인 연구실이라는 말이 맞을 정도로 굉장히 큰 고로가 보인다.

어떤 대장간에서도 저런 고로를 본 적은 없는 것 같다.

펜릴은 등에 매고 있던 가방에서 아다만티움을 꺼내 책상 위에 올려 두었다.

그때, 또 누군가가 계단을 밟고 위로 올라온다.

펜릴은 슈마이켈인가? 하는 생각으로 고개를 기웃했다.

그런데, 계단을 밟고 올라온 녀석은 펜릴 보다 먼저 인사를 한다.

"뭐야, 또 네놈이야?"

펜릴은 인상을 와락 구겼다.

◆

"……."

펜릴은 고개를 갸웃했다.

접촉이 있었던 사람들은 대부분 기억하는 편이다. 혹은 말을 섞었거나.

그런데 펜릴을 아는 척을 한다는 건 상대방이 착각을 하고 있다거나 펜릴의 기억 속에서 지워도 될 정도로 관심도 없고 쓸모도 없던 녀석이었거나.

절로 인상이 찡그려지는 건 당연하다. 다짜고짜 모르는

녀석이 반말부터 찍찍 내뱉는데, 기분이 안 나쁜 건 이상
하다.

"뭐냐, 너?"

펜릴의 질문 하나에 계단을 올라온 남자의 표정이 싸늘
하게 굳어진다. 그러더니 펜릴을 향해 걸어온다. 그런데
그 모습이 조금은 이상하다.

뒤뚱뒤뚱.

아니, 이상한 것이 아니라 익숙하다는 표현이 맞을 것
같다.

'아!'

펜릴은 그제야 떠올렸다.

제도로 들어올 때, 저런 녀석을 봤었던 것 같다.

'뭘 보냐고 시비부터 걸었었지, 아마?'

기억 못할 만도 하다.

펜릴은 그날 이후로 저 녀석에 관련해서 어떠한 기억조
차 한 적이 없었다.

지나가는 사람을 모두 기억할 정도로 기억력이 좋은 것
도 아니고.

그냥, 그날은 그랬다.

제도로 들어오고 있었고 사람도 많았고 이곳이 제국의
수도라는 걸 감안한다면, 링커가 나설 자리는 아니라는
걸.

그래서 그냥 웃으며 흘렸을 뿐이다.

그런데, 지금은?

이곳엔 저놈과 펜릴. 둘 밖에 존재하지 않는다.

제도 앞에서 굳이 말썽을 부릴 필요도 없었으니 넘어갔지만, 지금은 아니다.

펜릴은 가볍게 손을 풀었다.

상대가 링커라고는 해도 이곳은 넓다.

마음먹고 싸우기에 충분하다.

1층은 슈마이켈의 제자들이 물건을 팔았던 곳이다. 2층을 통째로 개인연구실로 사용하니 얼마나 이곳이 넓겠는가.

남자는 양쪽팔을 걷어 올렸다.

역시 어깨 부위 쪽에 문신이 있는 걸로 봐서는 링커.

"날 기억 못해? 지금 시비 거는 거 맞지?"

펜릴의 눈이 빠르게 돌아갔다.

상대방의 무기를 확인한다면, 적어도 위치나 간격 정도는 이미 사전에 조정이 가능하다.

'없다.'

등 뒤에는?

보이지 않으니 알 수는 없는 노릇이다.

적어도 놈의 허리춤이나 다리, 신발 어디를 봐도 무기가 딱히 보이지는 않는다.

그렇다면 상대방은 한 가지 뿐이다.

'주먹에 이골이 난 놈이라는 거지.'

그렇지 않아도 자신의 양쪽 주먹을 강하게 부딪치며 히쭉 웃는 녀석이다.

펜릴은 마체테를 오른손에 쥐었다.

"멍청하긴, 난 링커라고."

각인의 문신까지 봤는데, 모를 리가 있나.

펜릴이 마체테를 드는 것 까지 확인하자 그 남자는 자신의 팔을 각성시켰다. 털이 울긋불긋 솟아나오기 시작했다. 방금까지 남자의 팔 근육은 무시라도 하듯, 도저히 인간이라고는 볼 수 없는 거대한 이두박근!

"뭐, 여기가 내 집은 아니지만 네놈을 휴지 구기듯이 구겨 버린 뒤에 용광로에 넣어 버리면 누가 알겠어?"

펜릴은 손가락을 까닥였다.

"해봐."

남자가 들고 있는 마수를 모르는 게 아니다.

상급 마수 그루지(Grudge).

능력 따위는 존재하지 않는다. 그냥 그루지의 몸 자체가 워낙 파괴적이기 때문에 위협적인 거다.

조심해야 할 건 없다.

빠른 스피드와 파괴력.

그리고 재생능력까지!

"후회하지마라."

펜릴의 도발에 제법 걸려든 모양이다.

파앗!

발놀림이 빠르지는 않다.

'1차 각성 링커인가?'

고작 1차 각성 링커주제에 펜릴에게 달려든 거면, 죽음을 각오해야 한다.

씨스톤의 팔이나 곤조의 발목을 꺼낼 필요도 없다.

망령의 에너지면 충분하다.

펜릴은 마나만 있을 때도 중급 마수는 쉽게 잡았다.

망령의 힘이라면 상급 마수까지도 어렵지 않게 잡을 수 있다.

펜릴이 마체테로 가볍게 응수했다.

퍼억!

"큭!"

펜릴은 주먹을 얻어맞고 뒤로 나뒹굴었다.

'뭐야?'

말이 제대로 나오지 않는다. 턱이 빠졌나 보다.

양쪽 귀 아랫부분이 굉장히 아프다.

펜릴은 가볍게 입을 열고는 억지로 끼어 맞췄다. 나중에 다시 의사에게 가야겠지만, 이대로 내버려둘 수는 없었다.

"별 거 아닌 놈이잖아?"

남자가 피식 웃는다.

펜릴은 머쓱한 표정을 지었다.

'꼴이 말이 아닌데…….'

남자를 무시했던 건 사실이다. 주먹이라는 것 자체가 사실 무기를 든 것보다 위협적이지 않고 사람을 방심하게 만든다. 그런데 그건 변명거리가 될 수 없다. 그만큼 주먹이라는 건 무기 보다는 약할 수밖에 없다.

펜릴은 벌떡 일어나서 다시 마체테를 들었다.

'나도 이대로는 분이 풀리지 않아. 다시 봐야겠어.'

이번에 놈은 꿈쩍도 하지 않는다.

펜릴이 달려들었다.

"어쭈!"

펜릴의 속도를 보고 남자가 감탄을 한다.

그는 펜릴이 링커인 줄 모른다. 그런데 펜릴의 속도는 굉장히 빠르다. 링커도 아닌 일반인이 이런 속도를 낸다는 건 상식 밖의 일이다.

남자가 펜릴을 향해 주먹을 다시 휘둘렀다.

'빠르다!'

하지만, 피하지 못할 건 아니다.

'여기서, 여기서 당했었다.'

반복되는 손놀림.

분명히 배로 날아온다고 생각했는 데 꼼짝없이 턱이 얻어 맞았다.

펜릴은 고개를 옆으로 틀었다. 이젠, 턱은 맞지 않는다.

퍼억!

"컥!"

온몸의 내장이 쑤욱! 하고 들어 올려진 느낌이다.

어퍼컷 한 번에 정신이 날아 갈 것만 같다.

당연하다.

그루지의 팔은 상급 마수의 팔이다.

망령의 에너지가 보호를 하지 않는다면, 펜릴은 턱을 맞은 시점에서 뼈가 가루가 되었을 거다.

"생각보다 단단한 놈이잖아!"

펜릴은 배를 움켜쥔 상태에서 그대로 발을 걸었다.

방심하고 있던 놈이 뒤로 넘어지자 펜릴은 그대로 마체테를 머리로 쪼갤 듯이 내리쳤다.

'정말 강한 녀석이다.'

나이는 아무리 봐도 동년배로 밖에 보이지 않는다.

이 나이대에서 사실 펜릴은 '자만' 했었던 것도 사실이다.

2차 각성을 넘어 3차 각성까지 이뤄냈다. 게다가 망령의 에너지는 마나보다 강력한 물질이다. 마나처럼 매일 연공법을 할 필요도 없고, 자아를 가지고 움직일 수도 있다.

2차 각성 링커들이 펜릴에게 마구잡이로 달려들어도, 사실 어렵지 않았다.

그런데 이 녀석은 어찌 됐는지 고작 1차 각성 링커가 이리도 강한건가.

처음에는 적당히 때려 눕혀준 뒤에 쫓아낼 작정이었다.

그런데 놈이 저렇게 강하다면 제압하는 데 굉장한 어려움이 생긴다.

'막싸움은 나도 할 만큼 한다.'

남자는 가볍게 허리를 튕기고 마체테를 피한다.

그러면서 기묘한 자세로 팔을 움직이더니 펜릴을 노려본다.

'이놈.'

이제야 알았다.

놈은 각성을 한 것도 모자라 마나까지 이용하고 있는 녀석이다.

그게 다가 아니다.

'권술을 배운 녀석이다.'

무조건 링커라고 기사들 보다 강하다는 건 아니다.

실제로 펜릴은 여전히 오르도를 보면 소름이 끼칠 정도로 무서운 힘을 느낀다.

목숨을 걸고 싸운다면 무조건 이길 수 있지만 대련을 하여 이겨라! 라고 한다면 펜릴은 솔직히 승산이 없다.

눈앞에 있는 녀석도 비슷한 놈이다.

목숨을 걸고 죽이라고 한다면 지금 당장 놈을 용광로에 집어넣어 버릴 수 있다. 망령을 각성시킨다면 그건 식은 죽 먹기보다 쉽다.

'여차 하면 놈을 죽여 버리는 수밖에는 없어.'

하지만 권술을 배우고 있다는 점에서는 굉장히 흥미롭다.

펜릴은 씨스톤의 팔을 각인하면서 권술에 어느 정도 흥미가 생긴 상태였다. 그때 좋은 권술을 가진 놈을 만나니 흥분 되는 것도 사실이다.

놈은 오르도 보다 강하지 않다.

오르도가 만약 각성까지 한다면 어떻게 될까?

당장 손꼽히는 강자가 될 거다.

링커의 힘, 검술, 그리고 마나까지.

그래서 링커들이 굉장히 두려운 존재라는 거다.

모든 힘을 아우르며 사용할 수 있기 때문에.

물론, 좋은 마나연공법과 검술을 지니고 있는 자들이 링커가 될 필요는 없지만.

가장 편하게 강자가 될 수 있는 방법은 링크뿐이다.

수명의 절반만 바친다면 농기구나 매던 사람이 다음날 이면 웬만한 기사나 용병들은 찜 쪄 먹을 수준이 되니까.

'좋은 기회야. 일단, 놈의 권술을 눈으로 익히자. 그러

고 나서 놈을 패주는 것도 늦지 않아.'

펜릴은 다시 마체테를 들어 올렸다.

망령의 에너지로 신체를 보호하고 감각을 끌어 올렸다.

"그만하는 게 어떻겠나? 연구실이 다 부셔지겠군."

마침, 슈마이켈이 2층에 모습을 드러냈다.

펜릴과 남자는 서로를 힐끔 쳐다보고는 슈마이켈을 바라보았다.

"뭐야, 영감. 늦었잖아? 나보고 7시까지 오라면서."

남자는 그러면서 각성을 풀었다.

"후!"

펜릴도 마체테를 집어넣었다.

이곳의 주인이 저렇게 얘기하는 데 다짜고짜 끝장을 보자고 싸울 수는 없는 노릇이다. 게다가 상대방은 이미 싸울 의지를 잃었다.

'젠장, 이렇게 보면 내가 두들겨 맞은 것 같잖아.'

펜릴은 소매로 입가를 닦았다.

부정하려고 해도 현실이다.

게다가 상대방이 1차 각성링커인지, 2차 각성링커인지 정확히 알아내지도 못했다. 물론, 상대방은 펜릴이 링커인 줄도 모르지만.

그건 그거고 이건 이거다.

여러모로 아쉬움이 남는 결과다.

"미안하군. 아침에 할 게 많아서 말이야. 일단, 자네는 기다리고 있게."

"뭐야! 왜?"

"내 딸 얘기로는 이 자가 먼저 왔다고 했으니까."

남자는 펜릴을 힐끗 노려보더니 입을 열었다.

"쳇! 마음대로 해."

그러면서 남자는 적당한 의자에 앉아 등을 홱 돌린다.

펜릴은 책상 위에 올려놨던 아다만티움을 보내주었다.

슈마이켈은 보자마자 그 광물을 보고 말했다.

"마나를 사용하는 데 불편함이 있을 텐데?"

"상관없습니다. 무기를 목적으로 사용하기 보다는 오래 사용하는 게 목적이니까요."

마체테의 존재 목적.

나무나 풀을 베거나 할 때 쓰는.

펜릴 본인이 아다만티움을 사용하겠다는 데 뭐라고 하겠는가.

슈마이켈은 고개를 끄덕였다.

어차피 그는 의뢰를 받은 대로 해주면 상관이 없다.

"이름은?"

"됐습니다."

거추장스러운 일일 뿐이다.

"모양이나 크기는 이 정도면 됐나?"

슈마이켈이 내민 두 자루의 마체테.

붉은 나무를 사용하였기 때문에 이미 검신이나 그립부분이 전부 붉은 색이다. 전체적으로 눈에 띄기는 하겠지만, 목검으로 밖에 보이지 않는다.

이 녀석의 가치를 모른 다면 철검과 이 검 중에 철검을 선택하고 달아날 거다.

'예기는 느껴지지 않지만, 아주 멋진 놈이다.'

슈마이켈이라는 이름이 허명이 아니다.

게다가 단단함도 그렇고 탄력이 있는 것도 그렇고 도저히 나무라고 생각할 수가 없다.

펜릴은 이어서 활도 받았다. 활은 금속이 필요 없기 때문에 이 자리에서 곧바로 받았다.

티잉!

시위를 당기자 펜릴의 귀에 기분 좋은 소리가 들린다.

손에 맞게 길들이는 작업이 제법 오래 걸릴 것 같지만, 웃음이 나온다.

'복합궁!'

단궁과 장궁의 장점을 합친 활.

가방을 내려놓고 뒤에 활을 매다니 당장이라도 사냥을 나서고 싶은 생각이 든다.

"완성은 2일 후에 오게. 그때쯤이면 끝났을 테니까."

"네."

볼 일은 끝났다.

슈마이켈은 곧바로 의자에 앉아 있던 남자에게 건틀렛을 보여 주었다.

아무래도 주먹을 사용하는 녀석이다 보니 검 보다는 건틀렛이겠지.

"이름은?"

남자는 종이 한 장을 슈마이켈에게 내민다.

제국의 문자가 아니다.

이민족들의 문자다.

"복잡한 글자로군."

"똑같이 해줘. 철자 하나라도 틀리면 안 돼."

"문제없지."

펜릴은 시력이 좋다. 사냥꾼이기도 했지만, 망령의 에너지를 사용하고 나서는 더욱 좋아졌다. 그 종이의 이름을 볼 수 있는 것 뿐만 아니라 이민족들의 문자를 공부했으니 읽는 것도 어렵지 않다.

펜릴이 2층에서 내려가려고 하자 남자가 고개를 내밀더니 펜릴을 바라본다.

"이봐!"

펜릴이 고개를 뒤로 돌리자 그 남자가 웃는다.

"다음부터는 조심해! 봐주는 거 없을 테니까."

"마음대로."

펜릴은 그렇게 1층으로 내려왔다.

슈마이켈에게 내밀었던 종이에 쓰인 이름이 눈앞에 아른거린다.

'캔슬러(Canceler).'

monster link

신뢰

몬스터
링크

NEO FANTASY STORY

신뢰
monster link

"이용해 주셔서 감사합니다, 헌터님."

짧은 인사를 끝내고 경매장의 안내인은 어둠속으로 사라진다.

펜릴은 여관으로 돌아와서는 가방 안에 있던 물건들을 책상 위로 올려놨다.

솔직히 돈낭비라고 생각될 정도로 펜릴에게는 쓸모가 없는 물건이었다.

새벽만 되면 펜릴은 경매장을 왔다 갔다 했다.

오르도는 캔슬러를 끌어 들이기 위해 스펙터의 목걸이로 함정을 파놨다.

펜릴이 캔슬러가 아니라는 게 밝혀졌으니 그들은 더욱

여러 함정을 파둘 거다.

사냥꾼이 사냥감을 잡기 위해서 함정을 팔 때 절대 하나
만 파놓고 그곳에 걸리기만을 바라는 자들은 없다. 여러
개를 파두고 그곳 중 하나만 걸려봐라 라는 심정으로 기다
린다.

캔슬러를 끌어 들이기 위해서 또 다른 함정을 파두었을
까 싶어서 경매장을 들락날락 거렸다.

이미 황제도 그렇고 오르도도 그렇고 스펙터의 목걸
이가 불사의 초와 어느 정도 연관이 있다는 걸 알고 있
다.

이런 커다란 집단이 딸랑 스펙터의 목걸이 하나만 가지
고 있을 것 같지는 않다. 굳이 불사의 초에 관련된 물건이
아니더라도 캔슬러가 혹할 만한 물건들을 여러 가지 보유
하고 있을 수도 있겠다는 생각이 들었다.

펜릴은 정보탐색을 위해서 경매장을 찾아간 것 뿐이다.

쓸 데 없는 물건을 산 것은 괜한 오르도의 의심을 지우
기 위해서다.

아직까지 그들과 접촉을 한 지 며칠이 지났지만, 그 후
로 연락이 온 건 없다.

'내가 아무 것도 없다는 걸 알아차렸나?'

솔직히 이 싸움에 펜릴이라는 개인을 집어넣는다는 것
이, 이익이 없을 수도 있다.

펜릴이 가지고 있는 것은 5가지의 성물에 대한 정보.

캔슬러가 이 정보를 알고 있다면, 그들을 족치다보면 언젠가는 알게 될 것들이다.

펜릴이 원하는 건 황제와 오르도, 그리고 캔슬러가 가지고 있는 성물들이다.

일단 오르도는 스펙터의 목걸이를 보유하고 있다.

그것을 차지하기 위해서라도 오르도와 일단은 손을 잡아야 한다.

성물이라는 것은 대륙에 딸랑 하나만 존재하는 건 아니다.

검은숲에서 발견했던 붉은 열매가 대표적으로 그렇다.

그런데 원정대가 다녀온 이후로는 그곳은 폐쇄됐다. 제국의 개입도 있었고 이민족들의 개입도 있었다.

어느 정도 붉은 열매에 대한 정보를 얻었다면 몇 년 뒤에 다시 붉은 열매가 생성될 시기에 원정대가 그곳에 들어갈 수도 있다.

스펙터의 목걸이도, 딸랑 하나만 있는 게 아니다.

몇 년 뒤나 몇 달 뒤, 혹은 당장 내일이라도 언제 어디서 어떻게 나타날 줄 모른다.

하지만, 황제가 그것을 원한다면 전부다 통제가 될 거다.

그럼 앞으로 펜릴은 죽었다 깨어나도 불사의 몸이 될 수 없다.

모든 링커들이 불사의 몸을 원하고 있고 또 그 꿈을 이루고 싶어 한다. 불사의 초를 취하는 순간, 그 링커는 사실 대륙에 으뜸가는 최강자로 발돋움한다는 걸 모르는 사람은 없다.

굳이 링커가 아니더라도 불사의 몸.

이건 충분히 매력적이다.

펜릴도 불사의 몸이 되고 싶은 건 링커로써의 그리고 인간으로써의 본능이다.

다만, 그가 순수하게 불사의 초를 구하려는 이유는 그 끝에는 결국 라크나 티라가 있지 않을까하는 기대감 때문이다.

펜릴이 이 여정을 시작한 이유.

그 처음과 끝에는 결국 라크와 티라라는 상징적인 존재들이 있다.

그들은 이미 5가지의 성물에 대한 정보를 입수했다.

펜릴은 그들은 얼마나 모았을까? 그리고 어디에 있을까?에 대한 궁금증이 생긴다.

펜릴은 의자에 앉아서 편안하게 여유를 가졌다.

요즘들어 부쩍 여유가 늘어난 것 같다.

'링커의 삶에 여유가 어울리나?'

시간은 흐른다.

하루가 이틀로 지나가는 것이 링커들의 삶이다.

펜릴은 이제 또래들 보다 얼굴이 젊다고 말할 수 없다. 두 살, 세 살 많이 보는 얼굴이다.

펜릴에게는 다른 링커들 보다 시간이 많다고 볼 수 있다.

3차 각성 링커라고 해도 각성도 많지 않았고 조절도 하고 있다. 심장이나 발목은 잠식이 크게 진행되지 않은 상태이며, 팔은 아직 적응 중에 있다.

'내가 이대로 산다면 얼마나 살 수 있을까? 20년? 25년?'

망령의 에너지 때문에 펜릴은 더욱 오래 살 수도 있다.

하지만, 황제가 개입해 있다면 그 안에 불사의 초를 얻지 못할 가능성은 크다!

좋든 싫든 간에 오르도에게 들키지 않고 스펙터의 목걸이를 빼앗아야 한다.

'어떻게?'

적당한 방법이 떠오르지 않는다.

게다가 최근 사이 늘어난 고민도 있다.

펜릴은 저절로 손을 턱 쪽에 가져다 댔다.

"빌어먹을, 정말 아팠어."

며칠 전 건틀렛을 슈마이켈에게 주문했던 그 녀석.

고작 1차 각성한 상태로 싸운 녀석 치고는 굉장히 강했다.

물론, 펜릴은 각성을 전혀 하지는 않았지만 망령을 사용하지 않았다면 사실 승리를 점치기 어려울 거다.

씨스톤의 팔이 대부분의 물리 데미지를 막아 준다고 해도 그 녀석의 변초에 팔이 아닌 부분이 맞는 다면 말짱꽝이다.

팔이 아무리 강력해도 오르도나 그 녀석처럼 검술, 권술을 자유자재로 사용할 줄 아는 자들이라면 펜릴의 심장이나 목을 단숨에 날려버릴 거다.

망령을 각성시킨 다는 건, 심장의 잠식이 빨라지고 에너지를 사용할 수 없으며 체력 소모가 유난히 크다.

아무래도 '심장'이라는 녀석을 각성시키는 거다 보니 망령이 심장과 펜릴을 잇는 붉은 실을 끊을 수가 없어서 그렇지 않을까라는 결론에 도달했다.

언제까지 펜릴은 사냥꾼 시절에 배운 활이나 마체테, 막싸움에 의존할 수만은 없다.

더 강해지지 않으면 펜릴은 이리 저리 이용만 당하는 신세에 불과하다.

게다가 효율이라는 측면에서 생각했을 때 펜릴은 넘치는 망령의 에너지를 가지고 있는 데, 이걸 제대로 사용하지를 못하고 있다.

기껏해야 감각을 늘리거나 예기를 더하거나, 씨스톤의 팔에 강도를 더 한다거나. 전신에 사용하면 속도가 빨라지기는 해도 이건 제대로 사용하고 있다고 말하기란 부끄러운 수준이다.

이제와서 권술이나 검술을 배운다는 게 웃긴 일이긴 해도 일단 자존심이라도 굽혀야 할 때다.

최선은 각성을 하지 않고 망령의 에너지만 이용해서 각성자들을 때려눕힐 수 있어야 한다.

똑똑똑-

펜릴은 상념에서 깨어났다.

감고 있던 눈을 살짝 뜨니 창문 밖으로 누군가 보인다.

무기도 없어 보이고, 누군가 목적을 가지고 이곳에 보낸 거라면 딱 한 사람이다.

끼익!

펜릴이 창문을 열자 남자가 안으로 들어왔다.

몸이 날랜 것을 봐서는 전령이다.

"오르도 자작께서 보내셨소."

펜릴은 미소를 지었다.

'미끼를 확실히 물었군.'

◆

"자작께서 귀하의 능력을 크게 사셨소."

사람이란 건 결국 각자의 이득을 위해 움직인다.

상대방이 나보다 더 큰 이득을 얻었다고 한들, 내가 얻는 이익이 있다면 충분히 지불할 만한 의미가 있는 거다.

오르도에게 펜릴이란 존재?

능력 보다는 적어도 의심스러운 자를 가까이에 데리고 있을 작정인거다.

펜릴의 능력은 이미 오르도가 알고 있다. 모를 수가 없다. 검은숲에서 그들은 그렇게 격렬히 싸웠었다. 주술사의 방에서도 그들은 살아남았다.

그것만으로도 이미 능력은 입증된 거다. 그런데 이제와서 능력을 크게 샀다니.

거짓말이지 않은가?

정말 능력만으로 원했다면 그 자리에서 펜릴에게 적당한 자리나 일을 줬을 거다.

지금까지 기다린 건 아직까지 때가 되지 않았거나 이것저것 잴 것이 많았기 때문이다.

자기들이 판 함정에 뜬금없이 걸려든 이상한 놈.

단순한 우연이라 치부하기에는 의심스러운 장면이 많지 않겠는가.

"감사하다고 전해주시오."

"자작님이 전해주라 하신 거요."

품속에서 종이 한 장을 꺼내 든다.

펜릴이 받아 들자 전령은 등을 돌렸다.

펜릴이 그 종이를 읽을 때 까지 기다릴 작정이다.

'전령도 믿지 못하는 건가?'

캔슬러에게 스펙터의 목걸이가 필요하다는 사실을 알고, 함정을 파 놨다. 그런데 엉뚱한 게 걸렸다. 펜릴이 정말 캔슬러가 아니라면 정보가 어느 정도 새고 있다는 의미로 볼 수 있다.

보통 이럴 때 전령들은 글을 읽지 못한다. 괜히 안에 있는 내용을 읽고 발설할까봐서다.

펜릴은 망령의 에너지를 사용하며 주위를 살폈다. 누군가 이곳 방 안을 지켜보고 있다는 시선이 느껴진다.

'전령, 그리고 나. 둘 다 믿지 못하는 거로군.'

펜릴 보다는 전령을 믿지 못하는 게 더 크다.

전령은 자기도 모르는 사이에 뒤를 밟혔을 거다.

뒤를 밟은 이유는 간단하다. 그가 첩자일지도 모른다는 생각이 들어서 감시를 하고 있는 거다.

펜릴은 잠시 후, 그 종이를 양초에 대고 완전히 태워 버렸다.

"자작께는 알겠다고 말씀드리면 될 거요."

"알겠소."

전령은 그 뒤로 완전히 자취를 감추었다.

펜릴은 무거운 엉덩이를 일으켰다.

'오늘 쉬기는 글렀다.'

◆

사냥을 할 때는 하나 둘이 아니라, 함정을 여럿 파두어
야 한다는 얘기를 한 적이 있다.

하나만 파고 그곳에 사냥감이 걸리기를 기다리는 건 미
련한 짓이고 욕심이다. 결국 사냥감이 잘 돌아다니는 길을
찾아 함정을 파둔 뒤에 걸려들길 기다려야 되는 데 함정을
파는 순간부터는 모두 '운'이라는 놈이 강력하게 필요하
다.

하나만 파고 걸리는 녀석이 있는가 하면 함정을 열 개를
넘게 만들어도 한 마리도 못 건지는 녀석들이 있다.

이 녀석들 간의 차이는 간단하게 '운'이 하나로 정리될
수 있다.

오르도는 전장에서 잔뼈가 굵은 기사다.

그리고 황제의 측근, 오른팔. 이 정도로 치부할 수 있다.

그가 움직이는 건 황제가 움직이는 거, 그가 원하는 건
황제가 원하는 것.

황제가 불사의 초를 원한다는 건 비밀이 아니다.

이미 그 일 때문에 원정대까지 보냈던 게 황제가 아닌가?

오르도는 불사의 초를 위해서 정보가 필요하다. 그리고 캔슬러라는 녀석이 혹은 녀석들이 불사의 초에 대한 정보를 알고 있다는 내용을 들었나 보다. 그래서 그들과의 쫓고 쫓기는 추격전 한 판을 벌이고 있는 것 같고.

오르도는 사냥꾼은 아니더라도, 잘 훈련된 사냥개 수준은 된다.

그것도 충실한.

간혹 주인을 무는 개가 있지만, 오르도는 주인을 물 것 같지는 않다.

얌전히 기다리다가 주인이 파 놓은 함정에 사냥감이 걸리면 정신없이 달려가서 목을 정신없이 뜯을 거다.

오늘밤.

펜릴은 사냥꾼 보다는 사냥개가 어울리는 처지가 되었다.

물론, 펜릴은 주인을 물 수 있는 개다. 물 수도 있고, 물지 않을 수도 있고. 아무도 모른다. 펜릴 본인만 알 뿐.

그래서 오늘 같은 일에 적임자다.

하필이면 오르도가 파 놓은 여럿 함정 중에 눈 먼 사냥감이 걸려들었다.

펜릴의 일은 정말 간단하다.

남자 하나를 추적하는 일이다.

펜릴에게 정말 자신 있는 일을 줬다.

사냥꾼 출신인 펜릴에게 자신의 모습이나 흔적을 가리는 건 아주 손쉬운 일이다.

특히나 이렇게 사람이 많은 제도에서.

지나가는 사람들이 힐끔 쳐다보는 것 까지 의심할 수는 없는 법이다. 그 정도면 됐다. 펜릴은 그런 존재감으로 그 사람의 뒤를 추적할 능력이 있다.

옷은 갈아입었다.

사냥꾼의 옷은 눈에 띄기 좋다.

활도 내려놨다.

오늘만큼은 사냥꾼이 아니라 철저한 개가 되어야 한다.

펜릴이 챙기는 거라곤 허리춤에 있는 붉은 마체테 두 자루.

칼집에 들어가 있기 때문에 눈에 띄지는 않는다.

제도에서 이 정도 무기를 들고 다니는 사람들은 많다. 물론, 그 무기의 질은 다르겠지만.

'역시 따라 붙는군.'

거리는 굉장히 멀다.

자기 딴에는 분명히 펜릴의 감각에서 벗어났다고 생각

할 거다. 이렇게 사람이 많은 곳에서 자기만 쳐다보는 사람을 어떻게 골라낸단 말인가.

다른 사람들이라면 죽었다 깨어나도 불가능한 일이겠지만, 펜릴로써는 가능하다고 말하는 것 말고는 딱히 할 말이 없다.

인간의 한계라는 건 그렇다.

어디까지라고 한계를 그어버리면 정말 딱 거기까지 밖에 되지 않는다.

망령의 에너지는 감각의 영역을 확장시킬 수 있다. 더 멀리, 더 멀리서 펜릴을 쳐다보는 사람들까지도 느껴진다.

펜릴의 이번 일은 오르도에게 신뢰 받는 사람이 되어야 한다! 라는 추가 옵션이 딸려 있다고 볼 수 있는 일이다.

'철저히 개가 되어주지.'

개가 되었을 때.

누구에게 이빨을 들이밀지는 지켜봐야 알 테지만.

◆

스펙터의 목걸이를 얻었다고 그것이 제 기능을 할까?

생각해봐라.

펜릴은 검은숲에서 붉은 열매를 발견했을 때, 사용법을 전혀 몰라서 그냥 품 안에 들고 다니는 것 말고는 방법이 없었다. 그러다 망령에게 몸을 빼앗기고 우연한 기회로 그것을 건드린 망령이 그 힘의 소용돌이에 빠졌을 뿐.

라트라 때도 그렇다.

불사의 초를 이루는 성물 중에서도 라트라여왕 뿐만 아니라 일게 라트라 마저도 인간이 그냥 섭취할 수가 없다.

모든 것은 '방법'이라는 것이 필요하다.

스펙터의 목걸이도 신의 눈을 속이기 위해서는 단순히 착용에서 끝내서는 될 수 없다.

중요한 것은 스펙터의 목걸이 한 가운데 박혀 있는 진주다.

신의 눈을 속이는 거다.

딸랑 목걸이 하나 차고 있다고 신의 눈을 속일 수는 없다.

속이기 위해서는 더욱 더 스펙터의 영혼이 필요하다.

'정보가 제법이로군.'

스펙터의 목걸이를 가지고 있던 것뿐만 아니라, 사용법까지도 알고 있다.

펜릴은 클리드의 연구 자료를 보기 전 까지는 전혀 모르던 바 였다.

스펙터의 목걸이를 착용한 자는 그 진주 안에 영혼을 집어넣어야 한다.

　망령이 인간의 영혼을 잡아먹고 성장을 했듯이, 진주도 스펙터의 영혼을 먹고 성장을 해야 한다.

　그래서 스펙터의 목걸이를 취한다면, 일단 스펙터의 위치를 알아야 하는 게 중요하다.

　그런데 이 스펙터라는 놈들이 참 기괴하다.

　위치를 도저히 잡을 수가 없다.

　묘지나 전쟁터 위주로 나타나는 데, 최근에는 전쟁이 워낙 적다 보니까 스펙터의 위치를 알기가 쉽지 않다.

　하지만, 이 일에 황제의 입김이 닿는다면?

　제국에서 그리고 대륙에서 황제의 힘은 막강하다.

　스펙터의 위치를 알아내는 것 정도는 어렵지 않은 일일 거다.

　그리고 정보는 무기가 되고 미끼가 된다.

　전쟁에서는 무기, 그리고 상대방을 끌어들이는 미끼.

　이번에는 미끼가 되었다.

　스펙터의 위치를 여러 곳에 뿌려 놨다.

　목걸이를 구하지 못했던 캔슬러는 이곳저곳 기웃거리는 거 말고는 답이 없었다.

　한적한 연못에 적당한 미끼를 가진 낚시대를 여러 곳에 뒀는데, 찌가 움직였다. 아쉬운 물고기 하나가 팔딱거렸다.

그 팔딱거리는 물고기를 펜릴이 쫓고 있었다.

'내 역할은 될 수 있는 한 저 녀석을 죽이지 않고, 오르도 앞으로 끌고 가는 거다.'

저 물고기는 분명히 캔슬러다. 혹은, 캔슬러와 연줄이 있는 녀석이거나.

이런 일에 직접 캔슬러가 나설 가능성이 있을까?

없다. 돈만 몇 푼주고 저 정보를 받아와라, 라는 식으로 심부름꾼을 시키는 게 편하다. 그러면 무슨 일이 생겼을 때 꼬리만 자르면 되니까.

오르도 또한 캔슬러에 대한 실체를 제대로 알지 못한다.

이런 식의 꼬리잡기와 꼬리 자르기가 이미 계속 진행되어왔다는 사실 정도는 알고 있다.

물론 펜릴은 언제 끝날 줄 모르는 꼬리잡기 놀이를 계속하고 싶은 마음은 추호도 없었다.

장난과 놀이는 이미 어린 시절 끝냈다.

12살이었을 때부터 펜릴은 사냥꾼 교육을 받았다.

사냥꾼은 꼬리를 자르고 도망가는 도마뱀을 보고 가만히 있지 않는다. 손아귀에서 벗어난 도마뱀의 흔적을 찾아 끝까지 찾아 죽인다.

펜릴은 사냥꾼이다.

흔적을 찾아다니는.

물고기는 제도 깊숙한 골목길로 들어갔다.

이 골목길은 여타 다른 길과 다르게 머리가 지끈 거릴 정도로 구역질나는 냄새가 났다.

제도는 물가도 집값도 비싸다. 부자들이 거주하는 동네로 인식되어 있지만, 부자만 이곳에 있는 건 아니다. 부자로 들어 왔다가 거지가 되었거나, 혹은 여타 다른 이유로 부와는 다른 삶을 살아가고 있는 이들.

제도를 떠나지 못한 채 살아가는 이들이 사는 구역이 존재한다.

황실에서는 이들을 정기적으로 추방시키고 있지만, 추방의 손아귀에서 벗어나는 사람들이 존재한다. 이미 수 십 년, 수백 년 간 이어져왔던 숨바꼭질은 끝날 기미가 존재하지 않는다.

이곳을 그저 사람들은 '할렘가' 라고 부를 뿐이다.

마약은 물론, 청부 살인, 강도, 강간, 소매치기는 이곳에서 아주 흔한 일이다.

황실에서 조차 손을 놨다.

실제로 제도의 인구 중 약 5%이상이 할렘가에 거주한다는 통계가 있다.

실로 엄청난 인구였다. 그리고 이들이 형성한 시장과 문화는 제도에 악영향을 끼쳤다.

적어도 이곳이라면 숨기에는 적합했다.

물고기는 힐끔 눈치를 보더니 집 안으로 후다닥 들어갔다.

펜릴은 주위를 한 바퀴 둘러보더니 적당한 건물 위로 올라가 그가 들어간 집 근처를 유심히 쳐다보았다.

'없군.'

딱히 그놈이나 펜릴은 의식하고 있는 자들은 없다.

'그걸 해볼까?'

아무리 펜릴이 감이 좋아도 건물 안으로 들어가 버리면 바깥의 상황을 완벽하게 파악하는 건 불가능하다. 그냥 감으로 유추하는 것 뿐.

펜릴은 검은숲 이후로 망령의 쓰임새에 대해 자세하게 연구를 한 적이 있다.

첫 번째로 성공한 것이 바로 이것.

'망령의 눈.'

펜릴이 심장을 각성시키자 주위에 붉은 안개가 생겨났다.

그 안개는 곧바로 하늘 위로 올라가 사라진다.

머릿속으로는 펜릴이 보는 '제 3의 시선'이 떠올랐다.

신기한 경험이다. 하늘 위에서 내려다보는 기분이라니.

당분간 망령의 에너지를 사용할 수는 없지만, 그건 상관없다.

펜릴은 자기가 있던 건물에서 내려와 물고기가 들어간

집 안으로 성큼성큼 들어갔다.

'어디 갔지?'

집이 그렇게 크지는 않다. 펜릴은 숨소리와 발소리를 죽이고 조금씩 전진하며 집을 둘러봤다.

그때, 갑자기 왼쪽에서 그림자 하나가 펜릴을 빠르게 덮쳤다.

각성이나 마체테를 꺼낼 필요도 없다.

그림자가 들고 있는 건 단검.

펜릴은 가볍게 피하고 무릎으로 그의 복부를 강하게 파고들었다.

퍼억!

"컥!"

남자가 뒤로 우당탕! 하며 넘어졌다.

펜릴은 주위를 힐끔 둘러보더니 하늘에 떠있던 망령을 거두어 들였다.

이곳이 접선장소라면 펜릴의 얼굴을 보기도 전에 습격할 일은 절대 없다.

펜릴은 남자의 멱살을 잡고 곧바로 자기 앞에 앉혔다.

"뭐, 뭐요."

호들갑 놀라는 것도 당연하다.

처음 보는 사람이 대뜸 집에 들어와 자신을 무릎꿇려놨으니 황당한 건 집주인이 아니겠는가?

펜릴은 의자를 질질 끌고와 그 위에 앉고는 위에서부터 그 남자를 내려다봤다.

의자에 앉아 있는 남자와 무릎을 꿇고 있는 남자.

이상한 그림이지만, 펜릴은 잠시 후 입을 열었다.

"네가 가지고 있는 스펙터에 대한 정보를 내놔라."

"스펙터?"

스아아ㅡ

펜릴의 옆에서 이상한 소리가 들린다.

남자의 눈은 저절로 펜릴의 얼굴 옆에 있는 그 소리에 집중이 간다. 소리는 작은 안개가 내고 있다. 그 안개는 붉다. 그 붉은 안개를 보자 저절로 오한이 든다.

"난 모르는 얘기는 하지 않는다. 오늘 스펙터에 대한 정보를 입수한 것으로 알고 있다."

이 남자를 정말 두들겨 패고 오르도 앞으로 끌고 갈 생각은?

물론, 있다.

하지만 그 전에 적어도 이 남자가 가지고 있는 스펙터에 대한 정보는 펜릴이 가져가야 한다.

스펙터에 대한 정보는 캔슬러 뿐만 아니라 펜릴에게도 필요하다.

스펙터의 위치, 숫자 등등.

운이 좋다면 그 스펙터들에게서 목걸이를 얻을 수도 있

고 곧바로 그 자리에서 혼을 채울 수도 있다.

목걸이를 얻지 못한다고 하더라도 스펙터의 위치는 중요한 무기가 될 수 있다. 무엇보다 목걸이를 얻고 난 후, 혼을 얻을 기회가 생기는 거니까.

'그래 중요한 건 목걸이다.'

어떻게 해서든 오르도가 쥐고 있는 목걸이를 얻어야 한다.

이 상황에서 목걸이가 얼마나 중요한지 모르는 작자는 아무도 없을 거다.

'일단, 스펙터에 대한 정보와 캔슬러와 접촉 방법에 대해서 알아야 한다. 하지만, 내가 의심을 받지 않으려면 놈을 오르도 앞으로 끌고 가야 되는데……'

펜릴은 남자의 어깨를 강하게 붙잡았다.

'방법은 하나 뿐이다.'

◆

똑똑똑-

"바스티안입니다."

노크 소리와 함께 방 문을 연다.

뒷짐을 쥐고 창밖을 보고 있는 오르도의 뒷모습이 보인다.

바스티안은 오르도의 오른팔.

그의 강력한 휘하기사 중 하나이며, 기사들의 우두머리다.

"그가 놈을 데려왔습니다."

누구인지 명확하게 이름을 얘기하지 않는다.

하지만, 오르도는 고개를 끄덕였다.

"이미 봤다."

이곳 창밖을 통해서 저택의 정문을 통해 들어오고 나가는 자들을 모두 볼 수 있다.

여기서 '그'는 펜릴, 놈은 미끼를 문 캔슬러의 심부름꾼.

"의심은 거두셔도 좋을 것 같습니다."

바스티안의 의견.

펜릴이 정말 캔슬러라면 자신들에게 위험이 될 수 있는 심부름꾼을 일부러 가져다 바치는 경우가 있을까? 어차피 심부름꾼을 버린다고 생각한다면 충분히 그럴 수 있다. 그건 의심을 지울 수 있는 적절한 카드가 되지는 않는다.

"음."

오르도는 잠시 신음을 삼키더니 자신의 집무실에서 나왔다.

"놈이 있는 곳으로 안내해라."

"예."

이 저택의 지하에는 감옥이 존재한다.

애초부터 그럴 의도로 지은 저택이기도 하다.

제도에서 이만한 저택은 수도 없이 많기 때문에 그다지 집중이 되지도 않고, 만약에 경우에 이곳에서 전투를 벌이거나 혹은 도주하기에도 용이한 위치다.

게다가 원한다면 곧바로 황실의 지원을 받을 수도 있다.

이 저택을 구입하고 오르도는 곧바로 지하실을 만들었다.

지하실에 들어가자 간수들을 비롯하여 펜릴의 얼굴이 보인다.

"수고했다."

그 말이 끝이다.

검은숲에서도 오르도와 같이 생활했지만, 펜릴은 오르도가 딱히 어떤 표정을 짓는 걸 잘 본적이 없었다.

"네."

펜릴도 짧게 대답했다.

사실 어려운 일은 아니었다.

마나연공법도 모르고 그저 시장 뒷배에서 칼이나 휘두르는 녀석 하나 붙잡아 오는 건 식은 죽 먹기보다 쉬운 일이다.

오르도는 그 말을 끝으로 놈이 있는 감옥 안으로 들어갔다.

그런데 분위기가 제법 심상치 않다.

간수들끼리 얼굴이 제법 굳어져있고 고문관도 울상인 표정이다.

"무슨 일이냐?"

오르도가 도착하자 곧바로 그들은 옆으로 퍼졌다.

"올 때만 해도 멀쩡한 녀석이었는데, 고문을 시작하자마자 놈이……."

혀를 쭉 빼고, 흰자가 보이는 것으로 보아 정상으로 보이지 않는다.

물을 여러 번 뿌려 봐도 정신을 차리지 않는 것으로 보아 완전히 미친 것이나 다름이 없다.

저런 녀석들이 가끔 있다.

고문실에서 미쳐버리는 놈들이.

그런데, 그런 경우는 대게 고문이 시작되고 한 참 지나서거나 고문의 강도가 심해질 때다.

겉으로 봐서 외상은 거의 없다. 고문관이 손을 대 보기도 전에 놈이 나자빠져버린 거다.

놈은 할렘가에서 살아왔다. 할렘가에서 이런 위험은 기본이다. 이런 위험을 안고 살던 놈이 한 순간에 정신이 무너져 내렸다는 것이 이상하게 짝이 없는 일이다.

"연기를 하는 건 아니겠지?"

오르도의 질문에 고문관이 고개를 내저었다.

"손톱을 빼고, 손목을 부러뜨렸는데도 비명도 없는 놈입니다. 완전히 갔습니다."

자연스럽게 오르도는 펜릴을 향해 시선이 간다.

이곳까지 끌고 온 것도 펜릴이었기 때문이다.

"이게 어떻게 ■ 일이냐?"

펜릴은 무심한 눈으로 남자를 쳐다봤다.

대답은?

"모릅니다."

몬스터
링크

monster link

카사미 패거리

카사미 패거리
monster link

포커 페이스(Poker Face).

단순히 카드 게임에서 자기가 가진 패를 남에게 들키지 않기 위해 하는 표정 관리지만, 펜릴의 표정이 지금 딱 그러했다.

카드만 들고 있었지 현재 펜릴의 처지는 이 게임에 참가한 플레이어 중 하나다. 각자 자기가 들고 있는 패는 다르고, 그 숫자도 다르다. 치열한 눈치싸움 속에서 아직까지 펜릴은 자기가 들고 있는 카드 패를 들키지 않았다.

단순한 표정 하나가 많은 정보를 가르쳐주고 많은 상상을 하게 되고 많은 추측을 만들어 낸다.

내 패를 훔쳐 본 놈이 잘못한 게 아니라, 내 패를 애초에 누군가가 보게끔 내버려두었던 것이 멍청한 거다.

펜릴에게 잡혀온 저 남자는 시장 잡배가 맞다.

자기가 거래하고 있는 사람들이 캔슬러라는 것도 전혀 모른다.

그저 심부름꾼으로써 돈을 얼마 받고 어떤 정보를 사와서 그 정보를 다시 팔면 되는 역할이다.

이미 여러 번 꼬리를 자른 캔슬러는 애초에 꼬리를 만들지도 않았다.

심부름꾼과의 접점도 여러 곳을 얘기해 두고 만날 일도 시간도, 굉장히 세분화시켰다. 그렇게 만나는 그들도 결국 심부름꾼들이다. 심부름꾼과 심부름꾼들 사이를 추적해 위로 올라가면 연기처럼 사라지는 자들이다.

펜릴은 이번에 자기가 가지고 있는 패를 하나 추가시켰다.

'스펙터의 위치.'

이건 캔슬러도, 펜릴도 모르던 것들이다.

오르도와 황제가 가지고 있던 패다. 그런데 펜릴이 그걸 슬쩍 봤다. 이건 '정보'라는 패다. 사라지는 게 아니다. 공유가 된다는 얘기다.

남자를 백치로 만든 건 펜릴이다.

펜릴이 그에게서 스펙터의 위치를 알아낸 걸이들이 알아서는 안 된다.

그렇다면 이 싸움에 펜릴은 카드 패를 들고 앉아 있을 수가 없다.

'다행이야……'

정확히 남자가 백치가 된 이유는 망령 때문이다.

펜릴의 망령은 영혼을 흡수하진 않는다. 하지만, 이미 붉은 열매의 에너지를 먹고 계속 성장하고 있다. 성장을 거듭하는 망령은 점점 쓰임새가 다양화 되고 있다.

첫 번째는 망령의 눈은 아주 기본적인 거고, 두 번째는 사람의 정신을 파괴할 수 있다. 다만, 마법처럼 뭔가 정신을 조종하거나 할 수는 없다.

그건 주술사의 영역이 아니다. 마법사의 영역이다. 마법사들 중에서도 아주 극히 일부. 정신과 관련된 마법을 이용하는 자들의 전유물이다.

마법과 정령술, 주술, 이건 서로 겹치는 분야도 있고 겹치지 않는 분야도 있다.

마법이 제일 대중화가 되어있을 뿐이다.

배우기가 쉽고, 딱히 커다란 재능이 필요한 게 아니니까.

게다가 어디서든 마나를 보충할 수 있으니까.

망령으로 정신을 파괴하는 건 간단한 일이다. 뇌가 전담하고 있는 역할 하나를 잘라버리면 된다.

이번에 사람에게 처음 사용해본 펜릴은 이곳에 오기 전 제법 긴장했던 것도 사실이다.

그런데 쉽게 성공했다.

정신을 파괴 시킨 뒤에 망령으로 몸을 조종하여 이 감옥 안 까지 끌고 온 뒤, 고문관이 고문을 하는 시점에 맞춰 망령으로 하여금 움직임을 멈추게 하면 된다.

그럼 마치 고문관이 그런 것처럼 펜릴은 은근슬쩍 손을 뗄 수 있다.

그 다음 필요한 건 이제 펜릴의 연기다.

표정, 말투, 동작 하나 만으로도 이미 상대방에게 많은 정보가 넘어간다.

"끌고 올 때는 멀쩡한 놈이었습니다."

펜릴은 그 말로 일축했다.

여기서 발을 슬그머니 빼겠다는 말로 들린다.

물론, 모두가 그렇게 알아들었다.

고문관의 표정은 살짝 굳는다.

"고문을 시작하자마자 저렇게 맥없이 쓰러질 줄 누가 알았겠습니까."

사지 멀쩡하게, 걸어서 의자까지 앉는 걸 모두가 봤다.

고문관은 어쩔 줄 몰라 하는 자세로 허리를 숙였다.

그가 실제로 잘못을 했던, 안 했던 간에 귀족 앞에서는 일단 용서를 구하는 세상이다.

"됐다, 어쩔 수 없는 일이지."

오르도는 딱히 표정 변화가 없다.

그러더니 휙! 하고 등을 돌려 감옥에서 빠져 나갔다.

펜릴은 그날 밤은 저택에서 보내고 아침이 되자마자 그곳을 빠져나와 묵고 있는 여관으로 돌아왔다.

펜릴은 망령의 에너지뿐만 아니라, 망령까지 각성시켜서 이 일대 주위를 돌아다니게 살폈다.

펜릴의 주위를 얼쩡거리던 감시가 사라졌다.

펜릴은 잠시 후 엉덩이를 일으켰다.

이 수 싸움에서 이기려면 딱 하나 뿐이다.

가지고 있는 패를 뺏어 올 수밖에.

◆

카사미라는 녀석이 있다.

할렘가 유명한 조폭인데, 꽤나 괜찮은 건물 몇 개를 가지고 있다.

"모든 정보를 사는 놈은 바로 그 녀석이야. 그 놈이 그 정보를 사서 어디다 쓰는 줄 몰라. 짐작하건데, 그놈도 어딘가에 부탁해서 판매를 하는 것 같았어. 도박, 마약, 술, 심지어는 돈 세탁까지 해주는 놈이야. 제도내에 신전과도 연결되어 있다고 하거든. 알다시피, 돈만 몇 퍼센트 때 주면 검은 돈도 깨끗하게 나오는 곳이 신전이야. 모든 건 놈이, 놈이 다 시킨 거야. 그놈이 시키면 안 할 수가 없다고."

붉은 망령에 정신이 파괴되기 전, 미끼에 걸렸던 남자는 아는 대로 지껄였다.

할렘가에서 카사미라는 이름은 절대적이다.

할렘가의 인구가 무려 제도 인구의 5%.

황제의 입김이 닿지 않는 이곳에 카사미라는 이름은 황제로 등극해 있었다.

"만나는 법? 몰라. 워낙 신출귀몰해서. 대신 놈의 패거리들이 있어. 패거리들을 찾아서 올라가는 수밖에."

심부름꾼은 정보를 사고, 그 정보를 카사미의 패거리가 구한 뒤, 카사미에게 들어간다. 그리고 카사미가 아마도…….

'캔슬러와 연결이 되어 있겠지.'

펜릴은 머쓱한 표정을 지었다.

목표는 일단 캔슬러와의 접촉이다. 그 전에 카사미와 만나야 한다. 놈을 만나기 위해서는 펜릴이 심부름꾼으로 위장하여 스펙터의 정보를 넘길 필요가 있다.

가지고 있는 패를 늘리거나, 쓸모없는 패를 버리거나.

그것뿐만이 아니라 게임에서 이기는 방법은 전략적으로 패를 노출시키는 것도 있다.

상대방에게 패를 늘려줄 필요도 있다.

'이젠 나에게 쓸모없는 패를 돌려주는 방법도 있지.'

펜릴은 손을 뻗어서 얼굴을 가릴 수 있는 옷을 하나 골랐다.

거울을 쳐다보는 펜릴은 머리카락에 가려져 입술 외에
는 딱히 보이는 게 없었다.

옷 가격은 보지도 않았다. 적당한 동전 몇 개 튕겨주니
허리를 숙이는 것으로 보아 이 옷 가격보다 더 지불했던
것 같다.

"얼굴? 아니. 놈들의 패거리들은 굉장히 많아. 내 얼굴
도 모르겠지."

심부름꾼은 그 말을 끝으로 망령에게 정신을 파괴당했다.

카사미는 워낙 만나기 힘든 인물이다. 패거리와 접촉을
해야 하는데, 보통 심부름꾼들은 패거리들이 먼저 접촉을
시작한다.

'이번은 내가 먼저 간다.'

♦

카사미 패거리.

카사미는 패거리들도 그렇게 신뢰하지 않는다.

말단에 있는 녀석들은 해가 바뀌면 녀석들도 바뀐다.

카사미에게 원한이 있는 놈들이 죽이기도 하고, 혹은 여
러 가지 일에 휘말려 부상을 당하기도 하고.

아니면, 카사미의 자리를 노리고 들어오는 놈들도 있고.

버티고 버티고 신뢰를 쌓다가 점점 위로 치고 올라온다.

그런 녀석들은 카사미가 정말 좋아한다.

오른팔, 왼팔이라 부르는 녀석들이 몇 몇 있는 데 펜릴이 가장 먼저 찾아간 놈은 카사미의 오른팔이라 불리는 오우거다.

몬스터 오우거가 아니라, 이름 자체가 오우거다.

오우거를 연상시킬 정도로 커다란 키, 등에 매고 다니는 엑스도끼가 인상적인 녀석이다. 얼굴에는 긴 상처가 났고, 근육은 지금이라도 터질 것 처럼 부풀어 있는 녀석.

할렘가에서는 굉장히 유명한 놈이다.

왼팔, 오른팔 들 중에서 이 녀석을 찾아온 이유는 간단하다.

가장 단순한 놈이기 때문이다. 그리고 만나기도 쉽고.

이 녀석은 항상 술자리에서 볼 수 있다.

등에 엑스 도끼를 매고 있는 것만 보면 놈인지, 놈이 아닌 지 구별을 할 수 있다.

마음에 안 드는 일만 있다면 그 엑스 도끼를 꺼내고 모조리 쪼개 버리는 놈이지만.

'저 기 있군.'

덩치에 안 맞게 작은 술잔을 들고 홀짝인다.

거대한 바(bar)인데, 시끌벅적한 분위기 속에서도 그 녀석 옆에만 조용하다.

펜릴은 그의 비어 있는 옆 자리를 차지하고 앉았다.

점원이 다소 당황한다.

"거기는……."

옆에서 오우거가 입을 연다.

"꺼져, 대가리 두 동강나기 싫으면."

'워…….'

정말 험상궂은 놈이다.

얼굴만으로 분위기를 압도하다니.

펜릴은 못 들은 척 점원에게 입을 열었다.

"같은 걸로 주슈. 저쪽도 한 잔 더 주시구."

"네."

펜릴은 손사래를 쳤다.

"뭐야, 괜찮은 녀석이잖아."

술 한 잔에 헤벌레 입을 벌린다.

그가 곧바로 잔을 비우는 것을 보고 펜릴은 아예 통째로 병 하나를 더 시켜 내려놨다. 저런 녀석은 취해야 더 다루기가 쉬워진다.

병을 잡고 입으로 통째 들이 붓던 오우거가 벌게진 얼굴로 펜릴을 향해 묻는다.

"근데, 네 녀석 뭐야."

"심부름꾼."

"심부름꾼?"

오우거가 눈알을 부라린다.

"난 너 같은 녀석은 몰라."

모를 수밖에.

카사미 패거리가 관리하는 심부름꾼들은 굉장히 많다. 일일이 얼굴을 기억하는 거 자체가 웃긴 일이다.

펜릴은 품속에서 종이 몇 장을 꺼내 들었다.

"뭔데, 이게?'

종이를 받아 든 오우거가 고개를 갸웃한다.

까막눈인 그가 종이를 보고 그것에 쓰인 정보를 알아 볼 리 만무하다.

"스펙터에 대한 정보."

"스펙터?"

펜릴이 정신을 파괴 한, 심부름꾼의 역할은 스펙터의 정보를 얻어내는 일.

이제 그것을 카사미를 통해 보고를 해야 한다.

물론, 보고는 패거리가 할 거고.

오우거는 머리를 긁적인다.

"나 글 읽을 줄 몰라."

"그래?"

펜릴은 의외라는 듯 오우거를 쳐다본다. 하지만, 속마음은 전혀 다르다. 애초에 그는 오우거가 글을 읽을줄 모르기 때문에 이곳에 왔다. 대부분의 패거리 녀석들은 글을 읽을 줄 안다. 카사미는 제법 똑똑한 녀석을 좋아한다.

그 중에서도 오우거를 좋아하는 이유는 패거리의 유일한 행동대장이기 때문이다.

"스펙터 뿐만 아니야. 불사의 초와 황제와 관련된 정보도 더 있어."

"어디?"

"그 종이 안에."

물론, 저 녀석은 분별을 할 리가 없다.

"네 녀석 이름이 뭐야?"

오우거의 질문에 펜릴은 틀린 대답을 했다.

"헤롤드."

오우거는 고개를 갸웃했다.

"헤롤드라면 내가 데리고 있는 심부름꾼이 아닌데?"

"다른 녀석은 연락이 안 돼. 그래서 찾아온 거야. 이 정보를 내가 가지고 있으면 위험하다고."

심부름꾼들이 자신을 전담하고 있는 패거리와 연락이 되지 않는 일은 하루 이틀이 아니다. 당장, 오우거가 그 녀석들과 연락을 할 수는 없다.

녀석도 모르기 때문이다. 놈들의 행방에 대해서.

헤롤드라는 이름도 가짜다.

펜릴에게 정신을 파괴당해서 오르도의 저택에 감금되어 있는 녀석 이름일 뿐이다.

"그럼 여기 놓고 어서 가."

"장난하지 마. 이건 그냥 이렇게 내버려두고 갈 수 있는 게 아니라고."

"그럼? 원하는 게 뭔데."

펜릴은 자신이 오우거를 찾아온 최종 목적에 대해 얘기했다.

"카사미. 카사미에게 날 데려다 줘."

◆

"카사미? 우리 대장? 대장 성격은 패거리들도 알고 있다고. 정말 별 거 아닌 때에는 네놈의 머리가 내 도끼에 제일 먼저 두 동강이 날 것을 각오해야 돼."

"그건 걱정하지 마. 뒈져도 내 머리니까."

"알겠어."

그 순간 바(Bar)에서 둘이 조촐하게 시작했던 술 파티는 끝.

오우거는 의자를 엉덩이로 쭈욱 빼고 뒤뚱뒤뚱 걸어 나간다.

술에 잔뜩 취한 상태라 바람만 불어도 쓰러질 것 같지만, 놈을 건드는 녀석은 없다.

이 거리에서도 유명한 카사미 패거리의 오우거를 모르는 작자는 없을 테니까.

할렘가의 대부분은 카사미가 이미 콰악 틀어잡고 있다. 모든 곳에 카사미의 눈들이 존재한다.

펜릴은 후드로 더욱 깊숙이 얼굴을 가리고 오우거의 뒤를 따랐다.

오우거가 그를 안내한 곳은 환락가다.

홍등이 거리를 밝히고, 이곳이 정말 할렘가가 맞은 지 의심스러울 정도로 좋은 옷을 입은 자들이 술에 잔뜩 취해 춤을 추기 시작한다. 곳곳에는 그들의 토사물 흔적들이 보인다.

제도의 고관대작들이다.

할렘의 환락가처럼 신분을 숨기고 즐길 수 있는 곳은 그다지 많지 않다.

"왔어? 이제 영업 끝났는데."

분 냄새가 잔뜩 나는 여자 하나가 오우거를 끌어안고 다리를 슬쩍 올린다.

오우거는 거대한 팔뚝으로 그 여자를 안고는 피식 웃는다.

"대장한테 안내할 녀석이 있어."

"그래? 누가?"

그러면서 오우거의 옆에 있는 펜릴을 슬쩍 쳐다본다.

"별 볼 일 없어 보이는데……."

"그냥 심부름꾼이야."

"알겠어."

여자가 앞장선다.

건물 안으로 들어가자, 식당 옆 작은 골목길이 보인다. 그 골목길 안으로 들어서자 펜릴은 주위를 힐끔 쳐다봤다. 담장이 높아서 이곳에 있으면 꼼짝 없이 갇힌다.

게다가 좁기 때문에 어디 도약하기도 쉽지 않다. 담장을 넘으려면 곤조의 발목을 각성시키는 수밖에는 없다. 몸이 작은 사람이라면 옆에 있는 벽과 조금씩 전진시키면서 올라갈 수도 있을 것도 같지만.

똑똑.

골목의 끝에 나무문 하나가 있다.

그녀가 노크를 하고 애교가 잔뜩 섞인 목소리로 입을 연다.

"언니, 나야. 키스미."

철컹!

나무문 위쪽이 조금 열린다. 그러자 상대방의 눈만 보인다.

"처음 보는 녀석이 있는데?"

오우거가 대신 대답한다.

"내가 데리고 왔어."

"뭐하는 녀석인데?"

"심부름꾼."

"이름은?"

오우거가 머리를 긁적인다.

펜릴은 피식 웃고는 대신 대답했다.

"헤롤드."

"기다려."

위에 열렸던 문이 닫힌다.

발소리로 봐서는 카사미라는 녀석에게 가서 허락을 받아올 참인가 보다.

지루한 시간이 지났다.

오우거는 그 시간을 견디지 못하고 앞에 있던 여자의 엉덩이에 손을 올렸다.

"오빠도 참."

콧소리를 내며 오우거를 뒤로 밀어 낸다. 오우거의 덩치가 얼마나 컸는지 뒤로 밀리지도 않는다.

"여간 답답해야지 원……."

충분히 이해가 간다.

펜릴도 양쪽 어깨가 벽에 닿는데, 오우거는 이미 몸을 반쯤 비틀어서 게 마냥 움직이고 있었다.

물론, 이런 곳에 본거지를 둔 것도 뻔한 이유다.

이곳을 들켰을 때, 혹은 공격을 당했을 때 한놈씩 들어와라! 이런 소리다.

펜릴은 이들 셋 중에서 가장 먼저 정신을 차렸다.

이미 그의 감에는 그 사람이 되돌아오는 소리가 들렸다.

덜컹!

하는 소리와 함께 문이 열린다.

문 뒤에서 30대 정도로 보이는 여성이 보인다. 그 여성은 긴 손톱으로 펜릴을 콕 집었다.

"헤롤드라는 녀석만 들어오라는 데?"

공교롭게도 펜릴은 맨 뒤에 있었다.

"뭐해? 들어가?"

"젠장."

좁은 골목에서 몸을 이리저리 비틀며 앞으로 온 펜릴은 문을 닫자 여성이 손가락으로 한 곳을 가리켰다.

"저곳으로 가. 그럼 카사미를 볼 수 있을 거야."

굽이굽이 골목길을 지나자 작은 건물 하나가 나온다.

'이런 곳에 처박혀 있는 데 발견하는 것이 더 신기하겠군.'

왜 신출귀몰한 녀석이라는 건 지 알 것도 같다.

하렘가의 왕이라는 녀석이니, 홍등가에서 얼굴을 비추는 것이 이상하게 느껴질 것도 없고.

매일 들락날락 한다고 해도 누가 그걸 신경이나 쓰겠는가.

오우거를 통하자 생각보다 쉽게 들어오기는 했다.

'정말 이곳에 있기는 있나.'

의문을 갖고 문을 여는 데, 건물이 작다 보니 방은 딸랑 하나다.

방금까지 누군가 있었던 게 느껴질 정도로 공기는 차갑지 않다. 사람이 없다면 절대 이런 공기와 분위기는 형성되지 않는다.

이 작은 방에 보이지 않는다면 둘 중 하나다.

위에 있거나, 아래 있거나.

아래 딱히 흔적이 없으니 위.

펜릴이 눈을 살짝 위로 올렸다.

"뒤져라."

검 하나가 펜릴의 목을 향해 뚝 떨어졌다.

◆

펜릴은 바닥에 입이라도 맞출 기세로 납작 엎드렸다.

칼은 무정하게 허공을 갈랐다.

가볍게 몸을 튕긴 펜릴은 곧바로 방어자세를 취할 수 있는 넓은 자세로 몸을 날렸다. 그리고 당황하지 않고, 마체테 두 자루를 꺼내 들었다.

"뭐야, 이게. 심부름꾼이라는 녀석이 이런 몸놀림을 가졌다고?"

펜릴은 피식 웃었다.

녀석의 말을 듣고 보니 맞는 말이다.

정말 아무것도 아닌 심부름꾼이었으면 그 일격에 목이 달아났을 거다. 물론, 심부름꾼임을 증명하기 위해서 목에 칼을 맞고 싶은 생각은 추호도 없다. 저 녀석은 애초에 칼을 멈출 생각도 하지 않았다. 죽으면 죽는 거고 피하면 피하는 거고.

몸놀림이 가볍고 기척을 숨길 줄 아는 것으로 보아.

'마나를 연공한 녀석이다.'

나이는 20대 중반, 아니 초반에 가까울 정도로 아주 젊은 놈.

"카사미?"

펜릴은 혹시나 하고 물었다.

"그래, 그게 나다!"

자신에 찬 대답.

할렘가를 점령하고 있는 왕이라는 녀석이 이렇게나 젊을 거라고는 아무도 몰랐을 거다.

뭐, 공식적으로 하는 활동은 그가 아니라 대부분 패거리가 하는 거니까.

"어느 집의 어떤 멍청한 놈 인줄은 몰라도 잘못 찾았어! 네놈이 댄 헤롤드라는 녀석은 오늘 죽었다는 걸 확인했으니까."

"……"

펜릴은 대답을 하지 않았다.

자신도 자세한 상황은 모른다.

정신을 파괴 시킨 뒤에 오르도에게 던져줬으니, 오르도가 해결할 일이다.

뭐, 그가 정신을 되찾을 수도 있고 뒤가 찜찜할 수도 있으니 간단하게 죽여 버린 뒤에 버려버린 걸 저놈에게 들킨 것 같다.

"캔슬러는 아닌 것 같고. 혹시 황제의 측근? 아니면, 오르도 자작의 기사인가?"

그 정도까지 추측하는 건 어려운 일이 아니다.

적어도 카사미는 상황이 대충 어떻게 돌아가는 줄은 알아차린 것 같다.

카사미와 만나서 캔슬러와 어떻게든 접촉하려 했던 계획은 무산 되었다. 카사미가 펜릴이 황제의 측근이나 오르도의 수하라고 생각하는 이상, 생각해둔 카드는 버려야 한다.

물론, 이럴 때는 계획 보다 가끔 더 좋은 방법이 먹혀 들어가곤 한다.

여기는 할렘가다. 법 보다 주먹이 먼저다.

"캔슬러도 아니고 황제의 측근, 오르도의 수하도 아니다. 물론, 기사도 아니고."

"그럼?"

"날 이기면 대답해 주지. 물론, 네놈이 지면 마찬가지로 내가 묻는 질문에 모두 대답해야 할 거고."

"미친놈. 그 말에 후회하지 말아야 할 거다."

카사미가 양팔을 찢었다.

"호오."

선명하게 보이는 각인의 문신.

이미 망령이 쿵쾅쿵쾅! 소리를 지르고 있는 것으로 보아 그가 링커라는 사실 정도는 알고 있었다.

게다가 이 위험한 뒷동네에서 그래도 골목대장 정도는 하려면, 이 정도는 돼야 한다고 생각하고 있었다.

마나연공법을 배웠고, 칼도 한가락 쓸 줄 아는 녀석인데다가 링크까지 한다.

생각보다 링커들이 제국 깊숙한 곳까지 진출해 있다는 생각이 들기 시작한다.

펜릴은 진심으로 놀랐다.

카사미가 가지고 있는 마수는 중급도, 상급도 아닌 최상급이다!

저런 어린 나이에 자신을 제외하고 정말 최상급 마수를 들고 있는 무지막지한 녀석이 있을 줄은 몰랐다.

"비트바투의……."

펜릴이 그 이름을 꺼내자, 카사미가 의외네?라는 표정으로 쳐다본다.

사실 비트바투는 일반인들은 잘 모른다. 기사들도 잘 모른다.

하지만, 링커들 사이에서는 굉장히 유명하다.

아니, 굳이 최상급 마수들의 이름은 링커들 뇌리에 모두 박혀 있다.

특히 비트바투는 그렇다.

규격이 인간들의 그것과 크게 다르지 않아서 검을 쓰기가 아주 좋다. 아니, 비트바투라는 녀석 자체가 이미 무기를 사용하는 마수 중 하나다.

지능이 훌륭하고, 얼굴은 개처럼 생겼는데 늑대인 웨어울프나 라이칸스로프는 비교도 되지 않을 만큼 강한 녀석이다.

실제로 던전 같은 곳이 아니면 보기가 매우 까다로운 녀석인데, 설마 누군가가 가지고 있을 줄은 몰랐다.

비트바투가 최상급으로 분류되는 이유는 그냥 다른 게 없다.

인간이 사용하는 무기에 최적화 된 팔이면서 잠식 속도가 굉장히 느리다. 마수 성격 자체가 순종적이기 때문인데, 그것은 꽤 큰 장점이다.

펜릴은 마체테를 집어 넣었다.

비트바투를 가진 팔을 상대로 무모한 칼싸움을 벌이고 싶은 생각은 추호도 없었다.

그럼?

아슬아슬한 모습을 보여주면 안된다.

상대방에게 압도하는 힘을 보여줘야 한다.

아주 기어오르지도 못하도록.

펜릴은 곤조의 발목을 각성시켰다.

"에게?"

펜릴이 비트바투의 이름을 아는 순간, 링커라는 걸 어림 짐작 했다.

그런데 고작 하급 마수인 곤조의 발목이 나오자 웃음이 튀어 나오는 건 어쩔 수 없다.

펜릴도 양쪽 소매를 완전히 걷었다.

손등일 때는 장갑을 끼고 벗으면 편했는데, 어깨부위로 올라가면서 이게 참 불편해졌다.

끄르륵, 끄르륵–

오랜만에 녀석의 울음소리가 들린다.

'아직……'

적응이 끝나지 않은 상태기 때문에 각성 부위에서 타는 듯한 고통이 느껴진다.

펜릴은 인상을 살짝 찡그렸다.

양쪽 팔에서 비늘이 솟아오르더니 팔을 전부 뒤덮었다.

"씨, 씨스톤?"

카사미가 놀라 자빠지는 건 당연하다.

비트바투는 최상급이지만, 씨스톤은 최상급 중에서도 최상급.

전체 링커들 중에서 최상급을 달고 있는 녀석은 많지 않다. 그 중에서도 씨스톤을 가지고 있는 자들은 손가락에 꼽을 정도로 적은 숫자임은 분명하다.

바다에서 서식하는 녀석을 대체 어떻게 잡는다는 말인가.

"어, 어떻게……."

얼이 빠져 있는 카사미를 향해 펜릴이 뺨을 가볍게 한 대 후려쳤다.

짜악-

카사미의 눈에 별똥이 튀었다.

압도적인 힘의 차이는, 싸워보기도 전에 이미 머릿속에서 느끼는 거다.

링커는 안다.

같은 최상급이라도 소위 말하는 급 중의 '급'이 다르다는 것이.

비트바투가 무기를 잘 다룬다 했는데, 씨스톤은 대부분의 물리 데미지를 막아 버린다.

그렇다.

상극이다.

아무리 공격을 하고 후두려 패도 막아버리면 그만이다.

손상도 가지 않는다.

펜릴은 권술을 제법 잘 사용하는 녀석에게 굉장히 고전했었다. 물론, 그때는 씨스톤의 팔을 각성시키지 않았지만 했다고 해도 쉽지 않았을 거다.

워낙 허초가 심하고 눈에 보이지 않는 타격이 있었기 때문이다. 그런데, 이 녀석은 그 녀석과는 다르다. 마나연공법은 수명 때문에 배웠고, 돈을 긁어모아서 비트바투 같은 최상급 마수를 각성시킨 녀석이다.

이런 녀석일수록 다루기가 쉬운 경우가 있다.

펜릴은 멱살을 잡고 카사미를 일으켜 세웠다.

"네 녀석의 도움이 필요하다. 지금 당장 캔슬러를 움직여야겠어."

"미, 미친 놈……."

짜악!

다시 한 번 울려 퍼지는 소리!

뺨이 빨갛게 익었다.

"이제부터, 얘기 좀 다시 해보자고. 친구!"

◆

누구나 한 번쯤은 생각해본다.

아, 내가 죽지 않는 영원한 존재가 된다면.

늙지 않는다면.

대부분은 그런데 손사래를 치면서 불사의 몸이 되기를 거부한다.

"죽지 않는 것 또한 고통이다."

사실 수명이란 건, 신이 정한 자연의 섭리다.

인간에게 있어서 신이 정해놓은 룰을 벗어난다는 건 신성모독과도 같다.

이래나 저래나 결국은 왕 보다는 황제가 위에 있고 황제보다는 신이 위에 있는 세상.

죽고 나면 인간들의 삶이 끝나고 혼으로써의 삶을 시작한다고 믿는 인간들은 사후세계에서 자신들이 고통받기를 원하지 않는다.

인간의 수명은 영원하지 않으니까.

그런데, 인간들 중에서 몇 몇은 정말 그것을 말이나 상상에서 끝내는 것이 아니라 실천하려는 작자들이 존재한다.

링커들이 그렇고, 황제나 왕들이 그렇다.

권력이란 달콤하다.

달콤한 꿀통에 영원히 빠져 살 수 있으면 영혼 따위는 어떻게 되든 상관이 없다. 어차피 죽지 않는 몸을 가지는데, 사후 세계를 상관할 필요가 없다. 사후세계도 결국 죽어야 가기 때문에.

링커들은?

불사의 초를 얻게 된다면 잠식도 없고, 인간의 존재하는 모든 부위에 링크를 할 수가 있다.

말로만 들어도 설레는 이야기다.

영원히 늙지 않는 링커.

카사미라는 녀석도 그렇다.

캔슬러와 손을 잡고 있지만, 알게 모르게 정보를 모은 것들이 상당하다.

당연하다.

불사의 초를 구하려고 하는 거다.

괜히 캔슬러를 돕는 게 아니다. 캔슬러를 도우면서 이것저것 재며 정보를 모았다. 하지만, 깊숙한 정보들에 대해서는 아직 알지 못한다.

할렘가의 왕이라고 해도 결국 이것이 한계다.

황제의 권력에 비하면 보잘 것이 없다.

'끄응.'

인상을 잔뜩 찡그린 카사미는 오랜만에 할렘가를 벗어나 공원을 거닐었다.

1주일에 한 번.

그는 매주 화요일이 이 시간이 되면 항상 누군가를 만난다.

잠시 후, 공원 끝에서 남자 하나가 거닐며 다가온다.

여유로운 공원에서 운동이나 즐기러 온 모습이지만, 그의 모습은 사뭇 진지하다.

그를 보자마자 카사미는 품에서 종이를 꺼냈다.

심부름꾼들은 정보를 구한 뒤, 자신을 전담하고 있는 패거리들에게, 그리고 그 패거리들은 카사미에게 전달한다. 카사미는 최종적으로 점검을 끝낸 뒤에 캔슬러와 접촉을 시도한다.

남자가 카사미의 종이를 가져가려 하자, 카사미가 힘껏 끄트머리를 잡는다. 둘 중에 한 명이라도 더 힘을 주면 종이는 여지 업이 찢어질 거다.

"오르도 자작의 눈을 피하는 게 쉽지 않았어."

카사미의 입이 떨어지자, 남자가 피식 웃는다.

"10만."

"장난하지 말라고. 매번 이런 일을 부탁 할 때 마다 우리 애들이 몇 명이나 죽어나가는 줄 알아?"

"30만."

"적어도 100만은 줘."

"협상은 결렬이다."

남자는 종이를 났다.

카사미도 아쉬운 것 하나 없이 종이를 다시 품속으로 집어넣었다.

"마음대로 해. 너희들이 아니더라도 이 정보를 원하는

녀석들은 많아. 게다가 심부름꾼들도 그렇고 내 패거리 애들도 고생 꽤나 했어. 물론, 만족할 만한 정보들도 있고."

"만족 할 만한 정보?"

"듣고 싶다면 그 얘기부터 해. 100만 실링."

"무슨 얘기인지 듣고 결정하지."

카사미가 피식 웃었다.

"좋아. 이렇게 대화가 통한다면 나도 입이 편하지. 이건 너희들이 요구한 스펙터의 위치와 그것에 관련한 정보들. 그리고 검은숲에 대한 정보다."

"……."

검은숲이라는 얘기가 나오자 남자의 입이 조용해졌다.

"이봐, 설마 너희들만 불사의 초가 여러 가지 성물들에 의해 만들어진다는 걸 알고 있는 줄 알았어?"

이 얘기가 결정적이었다.

"150만 주지."

남자는 고민도 하지 않고 품에서 길드의 어음을 눈앞에 서 세며 건네줬다.

카사미는 그 돈을 받고 희희낙락하며 한 장 한 장 정성 스럽게 세었다. 모습만 봐서는 영락없는 건달 같았다. 남 자에게서 카사미의 이런 모습은 굉장히 익숙하다. 카사미 는 돈을 품 안, 그 어떤 곳 보다도 깊숙한 곳으로 쑤욱 집어넣었다. 그리고 괜히 한 번 손바닥으로 쳐 보고는 만족스런 웃음을 지었다.

정보를 구입할 때 사용하는 돈은 그들의 돈이 아니다.

애초부터 정보 구입할 때부터 캔슬러의 돈을 이용한다.

150만은 순수한 중개료에 불과하다.

매번, 10만 단위로 거래되던 것이 무려 열 배 이상 뛰었다. 기대 이상의 돈이다.

카사미는 머리를 긁적였다.

남자는 카사미를 향해 입을 열었다.

"말해봐라."

"재촉하지 말라고."

카사미는 품에서 종이 한 장을 더 꺼냈다. 이민족의 언어로 쓰여진 특이한 종이다.

"여기서 말로 해봤자 기억도 못할 거고 좋을 것도 없잖아?"

남자는 종이를 받고 카사미를 향해 물었다.

"확실하겠지?"

"장사 하루 이틀 하나."

"좋다."

남자는 종이를 확인했다. 하지만, 이민족의 문자를 읽을지 모르는 지 다시 품 안으로 집어 넣었다.

"필요하면 연락하지."

"그러든가."

카사미는 딱히 기죽지 않은 모습이었다.

이곳은 공원이다. 워낙 사람들의 왕래가 잦은 곳이기도 했고, 사실 거래 상대에게 기죽을 필요도 없었다.

그가 완전히 사라지자 카사미는 할렘가로 돌아왔다.

'내가 잘하고 있는 건가.'

갑작스런 의문이 든다.

그는 며칠 전 펜릴과 나눈 대화를 떠올렸다.

솔직히 잊으려 해도 잊을 수가 없었다. 또래에서 절대 지지 않을 거라고 생각했는데, 자기보다 강한 링커가 나타 났다. 그것도 최상급 마수를 달고 있는 놈이.

'빌어먹을, 아프네.'

카사미는 괜히 얻어맞은 뺨을 만지작거렸다.

◆

황제는 강하다.

캔슬러라는 곳도 정확히 어떤 정도의 힘을 가지고 있는 줄 모른다.

솔직히 이 둘 다 펜릴이 상대하기에는 벅찬 상대였다.

아무리 날고 뛰어봤자 펜릴은 혼자다.

혼자의 힘으로 할 수 있는 건 한 두 가지 일 뿐이다.

불사의 초를 이루는 5가지의 성물을 구하기 위해서는 혼자 해결 할 수 있는 것들은 아무 것도 없다. 지금껏 해왔던 것들도 결국 운이 좋아서 해냈던 일들이 많았다.

행운도 실력이라지만, 행운이 계속되는 건 있을 수 없는 일이다.

그 둘에 대항하기 위해 카사미라는 인물을 이용하는 건 제법 괜찮은 생각이었다.

물론, 하렘가의 왕이라고 지칭하는 카사미가 아무리 강해봤자 황제 보다 강하겠냐만은 적어도 혼자의 힘 보다는 할 수 있는 것들이 많았다.

게다가 힘으로 찍어 누른 뒤에 강압적으로 일을 시켜봤자 카사미는 당장 내일만 되면 얼굴색을 바꾸고 자취를 감춰버릴 거다.

카사미가 사라지면 펜릴은 다시 이놈을 찾아올 방법이 없었다.

오우거를 다시 이용하라고?

무리다.

카사미는 바보가 아니다.

당장 패거리들을 소집하여 잠수를 타버린 다면, 펜릴이 할 수 있는 일은 적어진다.

당장 아쉬운 건 펜릴이지, 카사미가 아니다.

그렇다면 손을 잡아야 한다.

카사미랑.

힘은 적겠지만, 적어도 카사미와 펜릴은 이해관계가 어느 정도 떨어진다고 볼 수 있다.

오르도 자작도, 캔슬러도. 둘 다 아니라는 것!

이 둘은 독자전선을 폈다.

물론, 이 독자전선은 독이 될 수도 득이 될 수도 있지만 둘 다 서로의 'win-win' 전략을 위해서라면 서로의 패를 보여줄 필요가 있었다.

"캔슬러라는 곳은 나도 잘 몰라."

"거래 상대인데?"

"난 돈만 받으면 끝이라고."

거래 상대에게 관심을 가지지 않는다.

이건 첫 번째 원칙이다.

관심 있는 건 불사의 초지, 캔슬러가 아니다.

카사미의 대답에 펜릴은 머쓱한 표정을 지었다.

그를 이용하여 캔슬러에 대한 정보를 어느 정도는 알아두고 싶었는데, 아는 게 없다면 뭐 어쩔 수 없다. 표정을 봐서는 정말 모르는 것 같고.

"하고 싶은 말이 뭔데?"

카사미의 질문에 펜릴이 대답했다.

"불사의 초에 대한 정보를 가르쳐주지. 내가 아는 것 내에서는."

물론, 전부 가르쳐줄 생각은 추호도 없다.

하지만, 펜릴에게 쓸모없는 카드가 때때로는 상대방에게 좋은 카드가 될 때가 있다.

"무슨 정보인지 알아야 될 거 아냐."

"······검은숲."

펜릴의 한 마디에 카사미의 표정이 잠시 변했다.

검은숲은 불사의 초와 가장 관련이 깊은 곳으로 이미 링커들 사이에서는 유명하다.

한 차례 제국에서 검은숲으로 원정대까지 보낸 일은 모르는 작자들이 없다.

"황실의 발표는 믿지 않는 게 좋아. 내가 원정대 출신이니까. 이 정보를 듣는다면, 무조건 내가 부탁하는 일을 해줘야 돼."

카사미의 눈동자가 돌아간다.

'표정을 잘 숨기는 편은 아니로군.'

고민하는 것이 척하니 보인다.

하지만, 고민할 수밖에 없다.

이성적인 사고보다는 링커로써의 본능이 앞서는 순간이 바로 지금이다.

불사의 초에 대한 정보는 듣고 보는 게 좋다.

링커니까.

"···들어보지."

"좋아. 불사의 초라는 건, 정말 초(草)를 의미하지 않는다는 것 정도는 알겠지. 사실 모양 자체는 아무도 몰라. 본 적이 없으니까. 하지만, 적어도 그 효과를 보기 위해서는 몇 가지 성물이 존재하는 데, 그 성물의 전부는 아니더라도 검은숲에서 얻을 수 있는 성물에 대한 정보는 알고 있다."

5가지의 성물을, 몇 가지라고 얘기하는 것.

펜릴은 모르쇠로 일관했지만, 붉은 열매에 대한 정보는 확실하게 넘겼다.

카사미는 사실 이번 기회에 얻을 정보가 많다.

성물로 불사의 초에 대한 효과를 볼 수 있다는 것.

캔슬러가 왜? 스펙터의 목걸이를 구하기 위해 발버둥을 치는 지, 붉은 열매는 어떻게 얻어야 하는 지 까지.

5가지의 성물 중, 카사미는 두 가지의 성물에 대한 정보를 알아냈다. 이건 엄청난 성과다.

"그래서 뭘 해주면 되지?"

"기다려."

펜릴은 그 자리에서 종이 한 장과 펜을 들어 자신이 알고 있는 이민족의 문자로 빽빽이 글씨로 채웠다.

"캔슬러와 접촉을 하거든, 이걸 전해줘. 검은숲에 대한 정보라고 하면 그들도 아마 환장하고 달려들겠지."

별 내용을 적은 게 아니다.

붉은 열매에 대한 정보, 그리고 위치를 적었다.

'내가 가지고 있지만.'

정확히 말하면 그렇다.

심장의 에너지화가 되어버린 지 오래다.

하지만, 위치를 펜릴이 아닌 오르도가 가지고 있다고 한다면?

오르도는 원정대의 세 귀족 중 하나였다.

실패로 기록 된 원정대.

하지만, 붉은 열매를 얻어서 가져왔다면?

그걸 오르도가 가지고 있다면?

스펙터의 목걸이에 붉은 열매까지.

두 가지를 동시에 가지고 있다고 소문이 나면 불사의 초를 원하는 자들이라면 탐욕이 생길 수밖에 없다. 모르긴 몰라도 오르도는 곤혹을 치를 거다.

펜릴의 이런 의도를 아는지 모르는 지 카사미는 며칠 전 펜릴과 가졌던 대화를 회상하면서, 인상을 잔뜩 찡그렸다.

졸지에 하렘가의 그래도 왕으로 군림하던 자신이 심부름꾼으로 전락한 기분이었다.

하지만, 이건 거래였다.

카사미는 애초부터 캔슬러도 아니고 오르도 자작의 휘하도 아니다.

상황을 보면서 어느 것이 이익이 될지 꼼꼼하게 비교를 해보고 선택을 하면 될 일이다.

화살은 이미 쏘아졌다.

그 화살이 어떤 결과물을 만들어 낼지는 오직 신 만이 알고 있을 거다.

카사미가 전해준 정보가 어떤 파장을 일으킬 지는 아무도 예상할 수 없었다.

단, 한사람만 빼고는.

몬스터 링크

monster link

칼바도스

NEO FANTASY STORY

칼바도스
monster link

벽을 기대어 앉은 펜릴이 창문을 통해 바깥을 바라보았
다.

보름달이 뜬 밤.

워낙 달이 밝아서 마치 해가 뜬 것 처럼, 어떤 복장을 해
도 이날만큼은 잠행이 어울리지는 않을 것 같다.

이미 대부분은 잠에 들었을 이 시간.

펜릴은 잠이 오지 않는다.

아니, 피곤하다고 느껴지지도 않는다.

키엑, 키에엑-

츠카츠카-

괴상한 소리를 내면서 시끌벅적 떠드는 녀석들.

지금이 낮인지 밤인지 구별이 가질 않는다.

그런데 마수란 녀석들은 낮 보다 밤을 더 활발하게 움직인다.

인간과 생활하는 시간이 다르니 밤이 인간의 낮처럼 시끄러울 수밖에.

예민한 사람이라면 잠에 들기 쉽지 않을 거다.

누군가 옆에서 시끄럽게 떠들어 대는데 잠을 쉽게 자는 사람은 많지 않을 테니까.

펜릴은 이런 게 익숙하다.

가끔은 시끄럽다고 짜증을 낼 때도 있지만, 이미 반쯤은 포기했다. 짜증낸다고 조용히 할 녀석들도 아니다.

펜릴은 조용히 눈을 감았다. 눈을 감은 시야의 앞으로 다른 시야가 그려진다.

망령의 눈.

지금 하늘 위에는 망령이 돌아다닌다. 그 망령은 360도를 볼 수가 있다.

망령의 눈을 쓰는 이유는 간단하다.

이런 밝은 날에 그가 바깥에 나갈 수가 없기 때문이다.

현재 펜릴의 위치는 오르도 저택의 멀지 않은 곳.

그가 이곳에 자리를 잡은 것도 3일 째.

최소한의 음식을 먹으면서 이곳에서 버텼다.

이 건물은 애초부터 아무도 누군가 살지 않는다. 다행이

라면 다행. 생각보다 운이 좋았다. 오르도 저택의 위치가
그렇게 좋지 않아서 주변에 사람들의 왕래가 잦은 것도 아니
니다.

'오늘도 없으면 돌아간다.'

카사미를 통해 정보를 캔슬러에게 풀어 넘긴 것도 3일 째.

정보를 넘긴 후 펜릴은 이곳에서 3일을 처박혀 있었다.

어떤 식으로든 캔슬러라는 놈들은 반드시 움직일 거다.

망령의 눈이 있기 때문에 누군가 그 건물로 들어간다면
반드시 망령의 눈에 포착 될 수밖에 없다.

그때는 펜릴이 나선다.

펜릴이 원하는 건 혼란. 시끄러움. 그리고 싸움.

적을 잡으려면 적의 적을 끌고 와야 한다.

캔슬러나 오르도가 펜릴의 적은 아니라지만, 불사의 초
를 원하는 입장에서 동료나 아군이란 없다. 동료나 아군이
아니라고 적이 되란 법도 없지만, 적어도 펜릴은 지금 이
순간만큼은 그렇게 믿었다. 오르도와는 어제의 동료였지
만, 오늘에는 적이 될 수도 있다.

그게 인간들이 사는 세상이다.

적어도 오늘 펜릴은 스펙터의 목걸이를 가져올 도둑이
되어야 한다.

목적은 캔슬러와 오르도의 싸움이 벌어지면 스펙터의
목걸이를 털어 간다.

과연 오르도는 스펙터의 목걸이를 항시 지니고 있을까?

펜릴 본인이 오르도가 아닌 이상에야 알 수 없는 노릇이지만, 적어도 유추는 해볼 수 있다.

뭣보다 성물이다.

성물이란 건 모습을 감추려고 해도 튀어 나오기 마련이다.

송곳을 주머니 안에 넣는다고 주머니에 담아 지겠는가.

결국은 뚫고 나오는 법.

저택 어딘가에는 있다.

문제는 오르도와 캔슬러가 언제 싸움을 벌이느냐다.

'오늘은 틀렸다.'

달이 밝아도 너무 밝다.

오래 동안 자리를 비우고 있으면 만약, 오르도가 펜릴을 찾았을 때 의심을 받을 수 있다. 지금 여관은 분명히 비어 있는 방일 테니까.

적어도 일주일에 며칠 정도는 여관 안에 들어와 있는 게 좋다.

'가자.'

펜릴은 자리에서 일어났다.

마침 창문을 보니 거대한 구름이 다가온다. 그 구름은 이내 달을 가린다. 달이 가려지자 밝았던 제도가 순식간에

칠흑 같은 어둠으로 가득 찬다.

펜릴은 갑자기 자리에 다시 주저앉았다.

삐걱 거리는 바닥 소리가 들린다.

펜릴은 신경도 쓰지 않고 망령의 눈 시야에 집중했다.

입가에 미소가 번진다.

'오는군.'

캔슬러라는 곳이 얼마나 강한 힘을 지니고 있었는 줄은 모른다. 그런데 망령의 눈으로 보이니 언뜻 보이는 숫자는 열 명 정도 된다.

물론, 활동하는 인원은 더 되겠지만 당장 투입이 가능한 전투 인원은 저 열 명 정도.

발놀림이 굉장히 가벼운 걸로 보아.

'링커로군.'

다리의 모양은 이미 인간의 모습을 가지고 있지 않다.

최소 2차 각성 링커들이다.

나이대는 다양하다.

20대 부터 40대까지.

신기한 놈들이다.

적어도 저 작자들이 링커라면, 불사의 초를 원하는 링커라면, 저렇게 단체로 일일이 소속감이 생긴다는 건 웃긴 일이다.

저들이 불사의 초의 성물만 보고 만족할까?

아니다. 불사의 초에 대한 성물 정보를 알아냈다. 가능성이 생긴 거다. 그럼, 이 쟁탈전에 끼어들 수 있다. 사람이란 욕심이 끝없이 생기는 존재들이다.

내가 얻지 못한다면, 남도 얻지 못해야 한다. 그게 진리다.

죽었다 깨어나도 내 배가 아픈 건 참을 수가 없다.

적당한 시간 때 다.

평범한 인간들이 가장 나약한 시간이 되는 밤.

정상적으로 낮에 활동한다면 지금까지 깨어 있기란 참 쉽지 않다.

하품이 나오고 집중력이 흐트러진다.

그건 기사라도 마찬가지다.

기사들이라고 일반 사람들 보다 적게 자는 게 아니다.

그들도 일반 사람들과 같은 삶을 영위하고 있다.

링커들처럼 시간에 쫓겨 사는 게 아닌 데, 굳이 그럴 필요가 있겠는가.

끼이익-

펜릴은 창문을 열고 곤조의 발목을 각성시켰다.

'이제, 움직일 때다.'

◆

그림자 열 개가 움직인다.

그 중, 선두에 서있던 여자의 팔이 가늘게 늘어진다. 늘어진 팔에서 손톱이 날아가더니 저택 앞에 있던 남자 둘의 가슴에 박혔다.

"윽!"

남자 둘은 아무것도 모른 채 정신을 잃었다.

"어떻게 할까?"

철없어 보이는 20대 남자가 여자를 보며 묻는다.

여자는 아무런 대답도 없다.

"괜히 귀찮으니까 죽인다."

그 남자의 행동을 아무도 말리지 않는다. 품에서 단도하나를 꺼내더니 머리에 박아 넣는다.

소리도 없다. 망설임도 없다. 천을 꺼내 단도를 스윽 닦고는 저택의 담장을 빠르게 넘는다.

"어떻게 할 꺼야?"

저택을 습격한 열 명의 인원은 그리 많지 않아 보인다.

"음."

여자는 잠시 고민을 하더니 손가락 두 개를 폈다.

"2명은 저택을 수색, 나머지는 정원을 수색. 마주치는 녀석은 모조리 죽여."

여자의 말에 모두가 고개를 끄덕인다.

청년이 피식 웃는다.

"잠깐. 오르도 자작은 전쟁에서 돌아온 영웅이야. 쉽지 않을 걸."

가끔 그런 변종들이 있긴 있다.

링커들 보다 강한 기사나 마법사들이.

기사들이랍시고 대부분 다 같은 수준인 건 아니다.

좋은 스승을 만나 수학을 했거나, 혹은 제국이 인정하는 시험에 합격을 했거나. 집안이 잘났거나.

모두 기사가 될 수 있다.

기사는 죽기 전, 혹은 은퇴하기 전에 자신의 제자에게 자신의 기사 신분을 넘길 수 있다. 이건 별도의 시험이 필요하지 않다. 제도나 혹은 거대한 영지를 가서 양도 받았다고 확인만 하면 된다. 그 외에는 제국이 인정하는 시험에 합격하면 된다. 그럼 기사가 될 수 있다. 혹은, 집안이 잘 나서 원하는 사람을 기사로 만들 수도 있다.

기사가 되는 방법은 다양하고 다양한 방법만큼이나 실력의 편차는 크다.

특히나 오르도는 평민이 귀족이 된 사례로 사실 평민들 사이에서 굉장한 인기를 누리고 있다. 이민족과의 전쟁이라는 특수한 환경과 상황이 없었다면 절대 불가능했을 일이지만, 그는 운과 시대를 타고난 영웅.

특히 칼 하나로 이민족과의 전쟁을 승리로 일구며 실력을 인정받았다.

그런 기사가 다른 기사들과 같을 리가 없다.

호락호락 목을 빼놓고 기다릴 리도 없거니와 그의 휘하 기사들은 하나 같이 그와 함께 생사고락을 함께하며 실력을 쌓았다.

 더군다나 더욱 무시무시한 건 오르와 기사들은 이민족을 상대로 전쟁에서 승리를 했다는 거다.

 애초부터 링커들의 시초는 이민족들이다.

 물 밀듯이 밀려오는 제국을 상대하기 위해 링커가 된 이민족들을 상대로 이긴 전투다.

 그들은 놀랍도록 링커와의 싸움에 익숙하고, 이기는 방법에 알고 있다.

 "겁나는 거야?"

 여인의 질문에 청년이 어깨를 으쓱했다.

 "뭐, 조심하자는 거지. 그가 죽어버리면 스펙터의 목걸이도, 붉은 열매도 모두 물거품이 된다고. 황제의 충실한 개는 가끔 자기 혀를 깨물고 뒈져버리는 법이거든. 입이 무겁기로 유명한 자니, 입을 여는 게 쉽지 않을 거야."

 죽이는 것 보다 제압이 더 어렵다

 더군다나 상대는 링커와의 싸움에 익숙한 기사.

 '목숨을 걸어야 한다.'

 그래도 인간이라는 탈을 쓴 존재들 가운데 죽음과 가장 가까운 것이 바로 링커들.

 그런 링커들도 죽음의 앞에서는 초연할 수 없다.

"게다가 목적이 눈앞에 왔으니까, 조심들 하라고. 우리가 같은 목적을 가지고 있는 이상 이 단체가 언제까지 유지될지도 모르는 일이고."

"배신을 하겠다는 얘기야?"

"뭐, 그건 아니고. 언제든 뒤통수 조심하란 얘기지. 우리가 뒤통수 맞는 게 한 두 번도 아니고. 뭐, 오늘밤 하늘을 보니까 그런 느낌도 들고."

청년의 말 몇 마디에 분위기가 안 좋게 흘러간다.

"그 입 닥쳐. 계속 그런 태도로 나온다면 나도 널 죽일 생각이니까."

"뭐, 그러지. 나도 그분 말씀은 듣고 싶으니까."

청년은 양쪽 손에 건틀렛을 꼈다.

"슬슬, 시작해볼까?"

상의 한 마디 없이 갑자기 청년이 소리를 질렀다.

"와아아아악!"

가까이 있던 그들이 죄다 인상을 찡그렸다.

근처에 있는 사람은 모두가 깰 수 있을 만한 고함이다.

특히나 신경에 예민한 기사들이라면 심상치 않은 일임을 깨닫고 나타날 거다.

"하나하나 찾아가서 족치는 건 내 입맛에 맞지 않아서. 괜히 각성시간 늘려서 피차 손해 보지 말자고. 빨리 끝내고 빨리 가서 쉬면 좋잖아?"

"너······."

여인이 청년을 쏘아 붙이려 할 때, 웅성웅성 소리가 나기 시작했다.

"누구냐!"

저택에 있던 사람들이 죄다 튀어 나왔다.

청년은 가볍게 몸을 풀었다.

"오르도 자작을 제외하고 모조리 죽여 버리면 되지?"

잠시 후, 청년의 팔이 거칠게 부풀어 올랐다.

그와 동시에 열 명의 캔슬러 전원은 전부 각성 상태를 끝마쳤다.

"시작해보자고."

♦

펜릴은 피식 웃었다.

"멋진 녀석이로군."

아는 얼굴이다.

슈마이켈의 대장간에서 2층에서 한 번 부딪혔던 녀석이다.

펜릴의 턱주가리를 날렸던 놈인데, 아직도 생각하면 꽤나 분한 일이다.

하지만, 일 만큼은 화끈하게 해주는 놈.

왠지 모르게 마음이 든다.

하지만, 그것도 잠시.

일을 그르칠 순 없기 때문에 저택에서 순식간에 사람이 빠져나가는 것을 보고 펜릴이 안으로 들어왔다.

'빨리 끝내고 빨리 나가자.'

펜릴의 오늘 컨셉은 속전속결.

이미 한 번 왔던 곳이기 때문에 눈에 익숙하다.

펜릴은 곧장 뛰어서 오르도의 집무실이 있는 쪽으로 이동했다.

굳게 닫힌 문을 마체테를 꺼내 베어 버린 뒤에, 진입.

그리고 닥치는 대로 뒤지기 시작한다.

그것도 모자라 망령을 꺼내어 이리저리 둘러보게 했다.

한쪽 눈을 감으면 망령이 보는 시야가 제대로 보인다.

'스펙터의 목걸이, 목걸이, 목걸이.'

책상을 열어보고, 책상 위에 진열대를 마구잡이로 뒤진다.

책은 바닥에 던져지고 위에 있던 종이들은 허공에 날린다.

힐끔 바깥을 창문으로 쳐다보니 치열하게 전투가 벌어진다.

이 저택의 오르도가 사용하던 집무실은 정문을 바로 볼 수 있다.

당당하게 캔슬러라는 녀석들이 정문을 통해 왔으니, 펜릴은 저들의 싸움을 처음부터 끝까지 감상할 수 있다.

물론, 오르도가 호락호락 당하지 않을 걸 알기 때문에 캔슬러라는 녀석들도 쉽게 오르도를 공격하지 못했을 거다.

선택까지 그래도 3일이나 걸린 것을 보면 꽤나 신중했던 모양이기도 하다.

다만, 저렇게 마구잡이로 정문을 통해 들어올 줄이야 상상도 못했지만.

이건 뭐, 거의 선전포고가 아닌가.

것도 황제의 측근인 오르도에게!

'없군…….'

망령은 지하에 있는 감옥까지 내려갔다.

감옥에 뭔가 단서가 될 만한 게 있을 리 없다.

펜릴은 곰곰이 책상 앞에 서서 고민을 했다.

시간이라는 녀석은 계속 펜릴의 목을 옥죄어 온다.

"거기뿐인가……."

펜릴은 고개를 들어 올렸다.

◆

펜릴은 창문 바깥에 있는 오르도를 쳐다보았다.

'스펙터의 물건은 황제의 물건이다. 그런 물건을 자기고 차고 있을 리는 없지.'

오르도는 황제의 측근이다.

황제가 불사가 되는 걸 바라고 있다.

평민이었던 그를 귀족으로 만들어준 황제에 대한 충성심은 이루 말할 수가 없다.

지금껏 온갖 더러웠던 황제의 일을 대신 처리해준 것이 바로 오르도다.

오르도의 목에는 차고 있을 리가 없다.

그의 충성심이 그걸 방해할거다. 황제의 명령을 거부하고, 자신 또한 불사를 바란다는 의미로 내비칠 수 있다.

하지만, 소지하고 있을 가능성에 대해서는 부정할 수 없다.

'아니야, 아니야.'

펜릴은 고개를 내젓는다.

오르도는 충성심이 강한 자만 수하로 데리고 있다.

실제로 그가 데리고 있는 기사들은 과거에 전쟁 중에 인연을 맺었던 자들이다.

자신이 평민임을 개의치 않고 전쟁에서 영웅으로 기억될 때 까지 따랐던 기사들을, 귀족이 돼서도 잊지 않고 자신의 기사로 삼았다.

그런 만큼 기사들에 대한 충성도, 충성심은 누구를 따를

자가 없었다.

무엇보다 과거 고난과 역경을 같이 헤쳐 나왔기 때문에 끈끈함으로 맺어져 있었다.

그런 수하들을 데리고 있다면 목걸이의 위치를 굳이 '자기'만 알고 있다고 할 수 없다.

이유는 간단하다.

만약, 오르도 본인이 소지하고 있을 때 자신이 사고라도 당한다면? 혹 여타 다른 이유로 죽는다면?

스펙터의 목걸이는 그대로 빼앗긴다.

이건 펜릴이 자신이 오르도가 된다면? 이라는 가정을 가지고 시작해야 한다. 그래야 퍼즐은 완성된다.

가정을 해보자면 자신이 믿을만한 수하와 함께 위치를 공유하지 않았을까?

자신이 혹은 무언가 변고가 생겼을 때, 황제의 물건에 누군가 손을 대지 못하게끔.

오르도라면 그랬을 것 같다.

이건 가정이지만, 펜릴은 곧바로 오르도의 방에서 나왔다.

'오르도가 제일 믿을만한 작자.'

머릿속에 그려진다.

딱 한 사람.

'바스티안……'

펜릴은 자리에서 우뚝 섰다.

'빌어먹을.'

생각해보니, 바스티안의 방은 모른다.

저택이 그리 크지 않다고 해도 방 개수만 세면 열 손가락으로도 다 셀 수가 없다.

펜릴은 머리를 긁적였다.

방법은 하나뿐이다.

"다 열어보는 수밖에."

가끔은 무식한 행동이 가장 나은 결과를 낳기도 한다.

◆

"크아아악!"

청년의 옆에 있던 30대 남자가 팔에서 분수처럼 쏟아지는 팔을 붙잡고 땅을 기었다.

"비켜."

청년은 아무렇지도 않게 남자를 발로 툭 걷어찼다.

방금 전 까지만 해도 그들은 '캔슬러'라는 집단의 동료이자, 일원이었다. 그런데 청년의 얼굴에서는 그다지 그런 감정이 크게 느껴지지 않는 것 같았다. 오히려 청년의 근처에 있는 캔슬러 대부분이 그를 돕지 않았다.

10명으로 저택에 침입했다.

격돌 한 번에 한 명이 팔을 잃었다.

바닥에 떨어진 팔은 갓 잡은 생선마냥 팔딱팔딱 뛰었다. 이미 인간의 팔이랄 게 없었다. 그 모습을 지켜보는 오르도와 기사들의 표정에는 어떤 변화도 없었다.

자신의 힘을 너무 과시했다. 오르도를 너무 과소평가했다.

오르도는 전쟁에서 이미 링커들과 매일 같이 싸웠다.

이민족들을 제외하고는 대부분이 이민족들의 기술을 모두 훔쳐 배운 것에 불과하다.

아직까지 꾸준히 연구가 되고 있다고 하더라도 이민족들 링커보다 낫다고 할 수 있을 만한 사람이 몇이나 될까?

오르도는 그런 이민족들과 싸웠다. 그리고 이겼다.

우웅, 우우웅!

오르도의 칼이 떨었다. 그리고 음성을 내기 시작했다.

청년은 피식 웃었다.

'마치 칼이 말을 하는 것 같지 않나?'

칼이 가만히 있는 게 아니다. 계속 좌우로 떨림을 반복한다. 그 칼은 하얀색이 아니다. 어느새 푸르스름한 빛을 내고 있다.

가끔 저런 기사들이 있다.

검술이 뛰어나 단순히 기사가 된 것이 아니라, 그 이상의 경지를 넘어 다른 세계로 진입한 자들.

인간이라고 부르는 것 보다는 혹자들은 그런 자들을 '초인' 이라고 부른다.

피부도 더욱 질겨지고 수명도 다른 사람들보다도 수 십 년을 오래 살며, 감각이 극도로 발달하고 몸에 잔병이 사라진다.

배에만 쌓던 마나를 그 위에까지 쌓기 시작하면서 엄청난 경지로 진입해있다.

링커들은 1차 각성을 뛰어 넘어 2차 각성에 들어가면, 다른 세계로 진입했다고들 한다. 실제로 1차 각성 링커들이 아무리 달려들어도 2차 각성 링커가 게릴라전으로 나선다면 죽었다 깨어나도 잡을 수가 없다.

다리와 팔을 각성한 링커를 팔만 각성해서는 이길 수가 없기 때문이다.

그런데 기사들 또한 다른 세계에 진입하면, 2차 각성 링커들보다도 강해진다.

결국 링커의 힘은 '한계' 라는 게 존재한다.

1차냐 2차냐, 3차냐. 그리고 자신이 달고 있는 마수가 하급이냐, 중급이냐, 상급이냐. 최상급이냐.

그 한계를 뛰어 넘기 위해서는 최근에 링커들 중에서도 마낭녀공법을 배우는 작자들이 존재하긴 한다.

물론, 마나연공법을 처음부터 알고 있다면 링커가 될 생각은 꿈도 꾸지 않을 테지만.

굳이 안전하게 기사가 될 수 있는데, 굳이 마나연공법까지 배워가면서 링커가 될 필요는 없다.

뭐, 어차피 그건 본인들 생각이고 선택일 뿐이다. 마나연공법이라는 것도 결국엔 그 효율에 따라 등급의 차이가 있기 때문에 누구나 쉽게 구할 수 있는 하급 마나연공법은 차라리 안하는 게 낫다고 할 정도로 형편없다.

청년은 눈을 부라리며 오르도를 바라보았다.

오르도의 기사들이 역경을 함께 헤쳐 나왔다는 걸 이미 알고 있었다. 오르도 뿐만이 아니다. 그의 옆에 있는 기사들도 죄다 부웅, 부웅 떨고 있는 검을 소유하고 있다.

검의 색깔은 제각기 지만 모두 같은 능력을 가지고 있다.

특히나 오르도의 검은 그 떨림이 더 심하고, 더욱 색깔이 선명하다는 것 뿐.

기사들도 꽤나 경계하는 눈빛으로 이쪽을 바라본다.

특히 변칙적인 공격은 링커들의 특성이다.

도저히 예상 가능한 공격들이 아니다.

무작정 자신의 힘과 근력을 믿고 들어오는 녀석이 있는가 하면 뒤에서 맞기만 해도 마비가 되는 침을 가진 녀석도 있고, 팔이 늘어나는 녀석도 있다.

기사들은 거리를 벌리고 서서 링커들의 공격에 대응하는 모습이다.

"캔슬러냐?"

오르도의 입이 떨어졌다.

여인은 요염한 목소리로 또박또박 대답한다.

"어머? 이쯤 됐으면 알 때도 됐잖아. 빙빙 돌리지 말고 얘기할까? 우리는 자작께서 꽤나 진귀한 물건들을 수집한다고 하셔서 한 번 구경 좀 와봤어. 감정 좀 해줄까 해서."

감정사들 치고는 제법 살벌한 모습이다.

"인간이 아니로군."

"그런 말 하면 섭섭하지. 우리도 너희들처럼 인간이라고."

오르도는 천천히 캔슬러를 쳐다보았다.

'인간?'

어떤 인간도 팔이 땅에 닿지 않는다.

어떤 인간도 팔이 늘어나거나 줄어들지 않는다.

어떤 인간의 피부가 바위보다 단단하지 않다.

이미 인간의 모습을 포기한 링커들의 모습은 인간이라고 생각할 수 없었다.

"돌아가라. 여기는 아무 것도 존재하지 않는다."

"흥! 됐어. 이것저것 찾아보려 했으니까. 정말 없으면 돌아갈게. 집 한 번 뒤져봐도 돼?"

"마지막 경고다. 이대로 돌아가라. 돌아가지 않으면 죽음을 면치 못할 거다."

오르도의 목소리가 가늘게 떨린다.

캔슬러가 이곳까지 온 것은 뭔가 잘못 됐다.

이 저택은 캔슬러들이 알 턱이 없다.

침입을 허용했다는 건 캔슬러들이 위치를 알아냈다는 뜻.

그 규모를 유추할 순 없지만, 저택을 공격하는 데 무려 열 명의 링커들이 동원됐다는 건 이들 말고도 링커들은 더 존재한다는 얘기다.

하지만, 오르도가 데리고 있는 기사들은 이들이 다다.

링커 열을 죽인 건 엄청난 성과다. 문제는 그 성과가 상대방에게 어떤 타격을 줄 수 있느냐다.

상대방의 목을 틀어쥔 것도 아니고, 몸통을 자른 것도 아니고 고작 팔 하나 자르는 일에 오르도는 자신의 팔과 다리를 모두 내 줄 수는 절대 없었다.

이미 수십 년간 전쟁터에서 함께 해온 기사들이다. 이들이 아무리 날고 기어도 링커들의 공격이 무차별하게 진행되면 많은 숫자를 잃을 수밖에는 없다.

일단 정리를 하고, 황제의 재가를 받아 병력을 요청받아야 한다. 그 전에는 이들과 싸우는 건 무리다.

물론, 지금 이 상황이 누구에게 아쉬운 지는 누구나 알 수 있는 상황이다.

오르도는 링커들을 모두 잡을 자신이 있지만, 자신의 피해가 두렵다.

캔슬러는 모두 죽을 테지만, 오르도에게 심각한 타격을 안 길 수 있다. 피해가 두려운 상황이 절대 아니다.

여인은 팔을 쭈욱 뻗었다.

"미안. 협상은 결렬이야."

파앗!

양쪽 손톱이 뽑혀져 나가더니 기사들을 향해 날아간다.

기사들은 검으로 모두 쳐냈다.

튕겨 쳐낸 손톱들은 각기 사방으로 튀었다.

오르도는 목청껏 외쳤다.

"옆으로 쳐 내지 말고 밑으로 쳐 내라! 이 손톱이 갑옷을 뚫는다!"

갑옷을 뚫고 피부에 닿으면 그대로 마비된다. 이곳에서 마비는 곧 전투불능을 의지한다.

뿐만 아니라 기사들은 기사도라는 게 있다.

죽은 자를 내버려두고 갈 수는 있어도 병들고 부상을 당한 자를 내버려둘 수는 없는 거다.

어둠속에서 고작 손톱을 검을 이용하여 밑으로 쳐낸 다는 게 얼마나 어려운 상황인 지 말 안해도 다들 알고 있다.

하지만, 이들은 기사들이다.

특히나 인간을 초월한, 초인들.

오르도의 얘기에 전부가 손톱을 바닥으로 쳐냈다.

"모두 제거해라!"

오르도의 외침에 기사들은 누가 먼저랄 것도 없이 캔슬러와 재격돌을 했다.

획! 휘익!

칼이 휘둘러질 때마다 오금이 저린다.

청년은 기사의 공격을 정말 종이 한 장 차이로 아슬아슬하게 피해낸다.

이런 상황속에서도 한쪽 눈은 옆으로 힐끔 돌아간다.

전체적으로 캔슬러가 밀리는 상황이다.

'이렇게 강한 줄 몰랐는걸.'

오르도 자작에 대한 명성은 들었다.

그래도 초기에 회의를 할 때 열 명 정도면 충분하다고 생각했다.

그런데 기사 하나도 쉽지 않다.

"딴청 피우지 마라!"

기사의 말에 청년이 피식 웃었다.

기사가 아무리 강해도 일대일은 자신 있다.

'저 오르도라는 녀석은 무리겠지만, 이 정도는……'

손쉬운 일이다.

청년은 저택의 벽을 등졌다.

저택에 쿵쾅쿵쾅 하는 뜀박질 소리가 들린다.

'또 안에 누가 있나?'

검이 청년의 목을 향해 날아든다. 청년은 가볍게 피해낸다.

아슬아슬하게 피하는 게 아니다. 의도적으로 그렇게 피하는 것뿐이다.

'평생 발악해 봐라. 난 맞지 않는다고.'

머릿속으로는 여러 생각이 든다.

정황을 보니 이대로라면 캔슬러가 죽고 말거다. 이 녀석을 패버린 다음에 휴지 구기듯 구겨 버리고 다른 곳을 도우러 가는 선택지가 있다.

'내가 미쳤냐. 내가 뭐 때문에 캔슬러에 들어 왔는데.'

이곳에 목걸이도 있고, 붉은 열매도 있단다.

2가지를 한꺼번에 손에 넣을 수 있는 최고의 찬스다!

그런 찬스를 목숨과 함께 날려 버리고 싶은 마음은.

'죽어도 없지.'

목걸이와 열매.

'어디 있을까?'

이런 중요한 싸움에 품 안에 넣고 오진 않았을 것 같다.

'설마…….'

청년은 왼손으로 벽을 만졌다.

'여긴가?'

"이봐! 여기야!"

청년은 앞에 있는 기사를 도발했다. 절대 맞출 수 없는 그놈.

청년의 왼쪽 눈이 활활 타올랐다.

오른쪽 눈과 현저히 다른 눈.

기사는 전력으로 청년을 베었다.

그런데, 자신의 시선이 어딘지 모르게 이상하다.

"어, 어?"

청년이 히쭉 웃는다.

"잘가라고."

가슴에서 치밀어 오르는 피가 입밖으로 튀어 나온다.

목에서 이상한 느낌이 든다.

건틀렛 앞부분에 가득한 징이 목을 꿰뚫었다.

기사는 조종 하던 실이 없어진 인형 마냥 그대로 무너져 버렸다.

쨍그랑!

청년은 자신의 앞에 있던 저택의 창문을 깨버렸다.

"이봐, 대장!"

캔슬러에서부터 줄곧, 대장이라고 불렸던 여인.

청년은 여인과 항상 격돌하는 일들이 많았다.

얄미운 여자지만, 그래도 마지막 인사는 해야 될 것 같다.

저 여자는 오르도와 힘겨운 싸움을 벌이고 있었다.

청년이 곧바로 저 여자를 돕는다면, 오르도를 잡을 수 있을 테지만……

'내가 미쳤나?'

2가지의 성물이 눈앞에 다가왔다. 캔슬러가 모조리 죽어 버린다면, 자신이 살아있다는 걸 누가 보고하겠나?

캔슬러에 들어온 이유는 성물을 좀 더 쉽게 발견할 수 있지 않을까 해서다.

여자는 청년을 바라보았다.

"칼바도스, 너!"

청년은 폴짝 뛰어 올라 창문위로 올라갔다. 마치 그 모습이 얄미운 검은 고양이 같았다.

"미안!"

청년은 그 말을 남기고 저택 안으로 순식간에 사라졌다.

그 순간, 오르도의 푸른 검이 여자의 목을 날렸다.

〈4권에서 계속〉